필사로 완성하는 글쓰기 감각
나의 글쓰기

이 도서의 국립중앙도서관 출판예정도서목록(CIP)은 서지정보유통지
원시스템 홈페이지(http://seoji.nl.go.kr)와 국가자료공동목록시스템
(http://www.nl.go.kr/kolisnet)에서 이용하실 수 있습니다.(CIP제어번호:
CIP2018030227)

1

필사로 완성하는 글쓰기 감각 나의 글쓰기

지은이   유나경

펴낸곳   모들북스

1판 1쇄 찍은 날 2018년 9월 22일

1판 1쇄 펴낸 날 2018년 10월 02일

출판등록   2017년 5월 2일 제 504-2017-000003 호

주   소   포항시 북구 장량로 75번길

홈페이지   http://modlbooks.com

전자우편   dbskrud0103@naver.com

전화번호   054 - 253 - 8004

ISBN 979-11-964895-0-2-03800

필사로 완성하는 글쓰기 감각

나의 글쓰기

유나경 지음

나만의 멋진 문장을 쓰고 싶다면

글쓰기 감각을 먼저 익혀라!

모들북스

들어가는 글

　글쓰기에는 두 가지 방향이 있습니다. 자신의 내부로 향하는 글과 세상 밖으로 나가는 글입니다. 대부분은 세상 밖으로 나가는 글을 쓰고 싶어 합니다. 그러나 글쓰기는 자기 자신으로부터 시작됩니다. 모든 글쓰기는 내가 주체인 '나의 글쓰기'입니다. 내가 써야만 만들어지는 결과물이죠. 그래서 내가 직접 한번이라도 써 봐야 늡니다.

　백번 읽는 것보다 한번 쓰는 게 더 낫습니다. 글쓰기는 수많은 연습을 통해 좋아집니다. 그만큼 양적인 연습이 따라줘야 질적인 향상이 이어진다는 뜻이기도 합니다. 그러니 직접 쓰는 것을 망설이지 마세요.

　이 책은 여러분이 직접 따라 쓰는 필사 노트입니다. 여기에 나만의 문장을 채워 넣으세요. 글쓰기에 대해 말하는 책은 정말 많습니다. 그런데 글쓰기 책을 읽고 막상 글을 쓰려고 하면 어떻게 시작해야 할지 막막하기만 합니다. 하지만 이 책은 구체적인 글쓰기 방법을 보여주고 직접 따라 쓰게 구성되어 있습니다. 천천

히 구체적인 방법을 익히며 쓰다 보면 그런 막막함에서 벗어날 수 있을 겁니다.

글쓰기는 문장을 표현하는 기술입니다. 기본적인 기술을 습득하지 않으면 문장력은 나아지지 않습니다. 문장을 표현하는 기술을 연습하다 보면 어느 순간 얻어지는 것이 바로 문장 감각입니다.

이 책은 글을 써 본 적이 없는 초보자부터 작가가 되고 싶은 분까지 모두 도움이 될 수 있는 가장 기본적인 구성으로 이루어져 있습니다. 기초편이라고 해도 좋을 만큼 쉽게 만들었습니다.

기본적인 문장 만들기부터 어떻게 글감을 주제와 연결하는지까지 다루었습니다. 또, 제가 직접 만든 예문을 따라 쓰면서 문장 감각을 익히고 나면 나만의 문장을 쓰도록 했습니다. 마지막 장에는 다양한 긴 글을 쓸 수 있는 예문과 지면을 드렸습니다. 긴 글을 쓰는 건 꼭 필요한 훈련이니 끝까지 하셔야 도움이 됩니다.

모방은 창조의 어머니라 하죠. 이 책은 손으로 따라 쓰는 필사책입니다. 글쓰기는 필사를 하면 훨씬 빨리 좋아집니다. 손으로 글을 따라 쓰는 행위는 뇌의 신경회로와 연결되어 더 많이 기억하게 하니까요. 그러니 꼭 손으로 따라 쓰기를 권합니다.

앞으로 다가올 시대는 지금보다 더한 디지털 시대가 될 거라고 미래학자들은 말합니다. 그래서 많은 리더들은 디지털 시대에는 글쓰기 능력이 더 중요해질 거라고 강조합니다. 앞으로는 정보를 받아들여 사고하는 능력과 명확하게 정리하는 능력이 요구된다는 거죠. 이제 우리에게 글쓰기란 몇몇 사람의 취미 활동이 아니라 모두에게 꼭 필요한 능력이 되고 있다는 점을 주목해야 합니다. 이 책이 여러분의 글쓰기 향상에 도움이 되기를 진심으로 바랍니다.

이 책은 총 5장과 각 장에 해당하는 학습내용으로 구성되어 있습니다. 꾸준히 따라 쓰고 내 문장을 만들다 보면 어느새 문장을 만드는 데 자신감을 얻게 될 겁니다.

하루하루 쌓이는 문장이 모여 비로소 글이 됩니다.

유나경 드림

〈이 책의 활용법〉

1. 먼저 주어진 예문을 천천히 따라 쓰면서 감각을 익힙니다.

2. 내 문장 쓰기는 꼭 하시기 바랍니다. 예문보다 중요한 것이 내가 직접 만드는 문장 표현입니다.

3. 이왕이면 손 글씨로 따라 써야 효과적입니다. 더 오래 기억에 남게 될 겁니다.

4. 책 옆에 노트를 준비해서 펼치고 시작하세요. 이 책에 따라 쓸 자리를 마련해 두었지만 긴 글에는 부족할 수 있으니 긴 글쓰기는 노트에 따로 써도 좋습니다.

5. 내 문장 쓰기에서 주어진 예제나 긴 글쓰기는 분량을 지켜서 쓰기 바랍니다. 분량은 A4 한 장 반 이상입니다.

**5장
다양한 긴 글쓰기로
한 걸음 더**

1장

기본적인 글에
필요한 표현 감각

01
기본 문장에 표현 더하기

✱ 기본 문장은 '나무가 있다'입니다. 이 기본 문장에 어떤 나무가 어떻게 있는지를 표현을 더해가며 다른 문장으로 만들었습니다. 4가지 문장의 느낌이 조금씩 다르죠?

거리에 나무가 있다.

썰렁한 거리에 나무가 서 있다.

어둡고 썰렁한 거리에 바싹 마른 나무가 서 있다.

햇살이 쏟아지는 거리에 커다란 나무가 그늘을 만들고 있다.

　첫 시작은 기본을 먼저 다루려고 합니다. 글쓰기도 기본을 만드는 시간이 필요합니다. 문장에 대한 기본 이해가 없으면 좋은 문장을 만들기 어렵거든요. 지루하지만 꼭 필요한 시간은 어느 훈련에나 있기 마련이죠.

　먼저 문장에는 기본 문장이 있습니다. '나는 사람이다'처럼 주어와 서술어로 이루어진 문장인데요. 이런 단순한 문장에 상황이나 수식을 더해 다른 문장으로 바꾸어 보세요. 문장 훈련은 문장에 대한 이해도를 높여주고 문장 감각을 좋게 합니다.

　문장 훈련은 글쓰기에서 기본 중의 기본입니다. 다양한 문장을 많이 만들어 봐야 문장력이 좋아지는 건 어쩌면 너무 당연한 거 아닐까요? 그런데 당연한 걸 의외로 잘 하지 않습니다. 너무 기본이라 중요한지 잘 모르거든요.

　첫 번째 예문은 거리와 나무가 전부이지만 그 거리가 어떤 거리인지, 나무가 어떤 상태인지가 더해지면 문장이 많이 달라지죠. 두 번째 예문은 눈물이 전부입니다. 하지만 눈물이 '흘렀다'와 '터졌다'와 '터져버렸다'는 미묘한 차이가 있습니다. 이런 차이를 어떻게 표현하느냐에 따라 전혀 다른 느낌의 문장이 되죠. 이게 바로 글쓰기 감각입니다.

✽ 이번엔 좀 더 긴 문장을 만들어 볼까요? 문장 연습을 할 때는 처음엔 단문으로 시작하다가 긴 문장으로 바꾸는 게 좋습니다.

눈물이 흘렀다.

애써 참았던 눈에서 눈물이 터졌다.

입술을 깨물며 참았던 눈물은 결국 터져 버렸다.

내내 나오려던 눈물은 단 한마디 말에 기어이 터져 나왔다.

주위 시선을 피해 얼굴을 돌렸지만 눈물은 걷잡을 수 없이 흘러 바닥으로 떨어져 내렸다.

✽ 주어진 예문은 어떤 표현을 더해야 할까요? 어떤 웃음이 어떤 상황에서 났는지 상황도 만드셔야 합니다. 주어진 예문을 4가지 이상 각기 다른 표현으로 문장을 만들어 보세요.

예문 웃음이 났다.

_____

_____

_____

_____

✽ 평소 어떤 구름을 좋아하시나요? 풍부한 표현을 고민해 보세요.

예문 구름이 간다.

_____

_____

_____

_____

02
다른 표현 다양한 느낌

✽ 이번엔 단어 하나를 가지고 다양하게 표현한 문장입니다. 여기서
주어진 단어는 '어깨'입니다.

그녀의 단아한 어깨.

가는 어깨 …, 그녀였다.

그녀는 어깨는 언제나 단단했다.

들꽃 같은 그녀의 어깨 너머로 냇가가 보였다.

여린 그녀의 어깨가 흐느낌과 함께 힘없이 들썩였다.

　문장력은 다양한 표현 훈련으로 좋아집니다. 똑같은 상황도 어떻게 표현하느냐에 따라 전달하려는 의도가 달라집니다.

　첫 번째 예문은 모두 어깨가 들어간 문장이지만 느낌이 다릅니다. '그녀는 어깨가 단단했다' 는 사무적이고 설명적이죠. 이런 문장을 읽는다면 글쓴이가 그녀에 대해 어떤 태도나 생각으로 표현하려고 하는지 단박에 알게 됩니다. 반면, '가는 어깨..., 그녀였다' 라고 표현하자 아주 아련한 느낌이 전달되죠.

　바로 이런 겁니다. 어떤 의도와 느낌으로 문장을 표현하느냐에 따라 전체적인 글의 느낌이 정해집니다. 이런 훈련을 반복하다보면 저절로 알게 되는 감각들이 생기게 되는데요. 그것이 바로 문장력입니다.

　두 번째 예문도 먼지라는 단어 하나를 어디에 무엇과 연결하여 놓느냐에 따라 무척 다르게 읽힙니다. 문장을 만들기 전에 어떤 느낌을 전달할 건지 일종의 감정세팅을 하는 방법도 좋아요. 내가 전달하려는 그녀가 혹은 먼지가 쓸쓸한 건지 그냥 담담한 건지 말이죠.

　이런 훈련을 반복하면 문장 표현 방법이 얼마나 다양한지 저절로 알게 되죠. 내 문장 쓰기에 주어진 예제 '얼음'과 '잎'으로 최소 4문장 이상 만들어 보세요. 예문과 비슷해도 되고 다르게 해도 됩니다.

✱ 주어진 단어는 '먼지'입니다. 다양한 상황 속에 있는 여러 먼지들이 보일 겁니다. 어떤 먼지가 더 마음에 드시나요?

먼지가 탁자 위에 켜켜이 쌓여 있었다.

텅 비어 있는 방안에는 먼지마저 없었다.

쓸쓸함만이 가득한 방안에 패잔병처럼 누워 있는 오래된 먼지를 그저 멍하니 보고 있었다.

어둡고 습한 방안에 가득한 먼지는 마치 한 몸처럼 덕지덕지 달라붙어 있었다.

✱ 얼음은 보통 차가움과 연결하기 쉬운데요. 너무 일반적인 표현은 식상해요. 그러니 좀 다른 얼음을 표현해 보시기 바랍니다.

예제 얼음

✱ 잎은 여름 잎도 있고 겨울 잎도 있어요. 물론 여러 상황에 있는 잎들도 있습니다. 여러분은 어떤 잎이 생각나세요?

예제 나무 끝에 매달린 잎

03
단어 순서로 달라지는 문장

✱ 주어진 예문 두 개 중 아래에 있는 문장을 따라 쓰세요. 단어 순서가 바뀌면 조사나 서술어가 바뀌기도 해요. 어떻게 바뀌는지 확인하면서 따라 쓰셔야 합니다.

행복한 아이들의 맑은 웃음소리가 들린다.
-> 맑은 웃음소리의 행복한 아이들이 보인다.

‒‒‒

이상한 소문이 동네에 퍼지기 시작했다.
-> 동네에 퍼지기 시작한 이상한 소문은 점점 커졌다.

‒‒‒

남자가 식당에 들어오자 찬 공기도 뒤따라 들어왔다.
-> 찬 공기가 들어오자 남자가 식당으로 들어왔다.

‒‒‒

　문장에서 단어 순서를 바꿔보는 과정도 글쓰기 훈련이 됩니다. 단어 순서를 어떻게 하느냐에 따라 글이 주는 느낌이 조금씩 다르거든요. 문장 성격에 따라 꽤 큰 차이가 나기도 하지만 차이가 없어 보이기도 하는데요. 차이는 어떤 문장이냐에 따라 다릅니다. 객관적 사실이나 정보를 전달하는 문장은 단어 순서에 따라 크게 차이가 나지 않습니다. 하지만 감정이나 상황 전달에 민감한 문장은 단어 순서에 따라서도 느낌 차이가 꽤 납니다. 이런 훈련은 문장 구성에 대한 감각을 익히게 해주죠. 글쓰기는 꽤 섬세한 작업입니다. 단어 순서만 바꾸어도 글이 전달되는 느낌이 확 달라지거든요.

　다섯 번째 예문의 경우 첫 문장과 두 번째 문장이 주는 임팩트가 다릅니다. '그래서'를 중간에 두니 더 강조가 된 느낌이 들죠. 무언가를 경험하고 나니 그 후에 무엇을 알게 되었느냐는 스님의 의중이 읽히게 되니까요. 이런 느낌의 차이를 알게 되시면 글을 쓰는 재미가 배가될 겁니다. 문장을 만드는 데에 재미를 느끼는 건 아주 중요합니다. 자꾸 쓰고 싶어지거든요. 글쓰기는 기술이기도 합니다. 기술을 연마하는 시간이 즐겁다면 실력은 당연히 늘겠죠. 내 문장 쓰기를 할 때 이런 즐거움을 느낀다면 시간 가는 줄 모르죠.

✱ 주어를 어떻게 다르게 활용하는지를 살펴보세요. 주어가 달라짐으로써 다른 문장이 됩니다.

　책을 읽다 보면 저절로 알게 되는 하나는 정보이다.
-〉지식과 정보는 책을 읽다 보면 저절로 알게 되는 하나다.

　그래서 무엇을 깨달았냐고 스님께서 물으셨다.
-〉스님께서 물으시기를 그래서 무엇을 깨달았냐고 하셨다.

　정보의 홍수 속에 살고 있는 우리는 자신이 많은 걸 안다고 착각한다.
-〉우리가 많은 걸　알고 있다고 착각하는 건 정보의 홍수 속에 살고 있기 때문이다.

✽ 내 문장 쓰기에서는 여러분이 직접 단어 순서를 바꾸어서 문장을 만드는 겁니다. 어떻게 바꿀지 기대가 됩니다.

언제나 눈이 오기 시작하면 동네 골목은 텅 비곤 했다.

종이 울리자 사람들이 마치 개미떼처럼 쏟아져 나왔다.

산 위로 해가 떠오르고 땅 위로 노란 빛이 부셔져 내렸다.

인생은 알 수 없는 거라고 그는 늘 말하곤 했다.

무엇이 중요하냐고 친구는 가끔 나에게 물었다.

그들은 알려주지 않았고 우리는 아무것도 알 수 없었다.

04
생략하거나 안하거나

✽ 주어진 예문에서 괄호를 빼고 문장을 따라 쓰세요. 어떤 느낌이
드는지 따라 쓰면 알게 될 겁니다.

그가 (집으로) 왔다. 그렇게 매정하게 돌아서더니 오라는 말도 안 했
는데 왔다. 어쩔 줄 모르는 나를 보더니 (그가) 속없이 웃었다. 어이
없게도 (그런 그의 웃음이) 나를 흔든다. 사람의 마음이란 때로 알 수
없어서 나조차도 우스웠다. (그와 나는) 마주 보고 웃고 말았다. 웃고
있는 (그 사람의) 눈에 내가 들어 있었다.

- -

- -

- -

- -

- -

　문장에서 주어를 생략하면 묘한 매력을 줍니다. 하지만 생략을 하면 오히려 의미전달이 약해지는 경우도 있으니 주의해야 합니다. 예를 들어, 긴 문장에서 주어를 잘못 생략하면 비문이 되지만 짧은 문장에서는 의미 전달에 무리가 없는 이상 괜찮거든요.

　다양한 느낌을 전달하기 위해 주어나 수식어를 생략하는 것도 기술입니다. 그렇다고 모든 경우를 적용하면 안됩니다. 글쓰기는 변수의 예술입니다. 다양한 경우의 수가 있죠. 문장의 길이기보다는 문장 자체의 느낌을 살리려고 해야 합니다.

　주어진 예문에 괄호를 생략해서 따라 써 보고 문장의 느낌을 비교해 보세요.

　첫 번째 예문에서 생략하는 부분을 빼면 무언가 말하지 않은 여운이 느껴집니다. 그게 또 매력이 되기도 하죠.

　두 번째 예문에서는 괄호를 생략하는 것과 안하는 것의 차이를 느껴보세요. 물론 어떤 것을 선택하느냐는 글 쓰는 이의 자유죠. 생략을 하면 오히려 이상한 경우도 있으니 그런 판단을 하는 감각을 익히는 게 중요해요. 내 문장 쓰기에서 단어를 선택하여 생략하고 써 본 후 예문과 비교해 보면서 감각을 익히세요.

(헐벗은) 겨울산은 솔직하다. 울창한 나뭇잎에 가려졌던 산이 훤히 다 보이니 감추는 것이 없다. 그래서 (겨울 산이) 좋다. 솔직한 사람이 그렇듯 (겨울 산도) 답답하지 않고 시원하다. 겨울 산을 보고 있으면 내 마음에도 공간이 생기는 듯하다. 겨울나무가 나뭇잎을 떨어내듯 (나도) 욕심을 떨어내야겠다. 다 떨어내고 나면 가벼워질까? 아니면 욕심도 내 것이라 허전할까? 떨켜를 만들기엔 내 욕심이 아직은 싱싱한가 보다.

✻ 내 문장쓰기에 주어진 예문에는 괄호가 없어요. 여러분이 직접 무엇을 생략할지 선택하면서 문장을 완성해 보세요.

늦가을이었다. 해가 기울고 있어서 아이는 서둘러 아버지를 찾아 나섰다. 아버지가 있는 뚝방으로 올라 선 아이는 그 자리에 우뚝 멈추었다. 뚝방은 마치 긴 머리를 삭발한 듯 이상해 보였다. 아이는 문득 두려움을 느꼈다. 익숙하던 것과의 느닷없는 이별을 순순히 받아들이기엔 아이는 너무 어렸다. 아이는 낯설음을 그때 처음 알았다. 하늘이 한 바퀴 빙 도는 아찔한 어지러움이었다.

05
어울리지 않는 단어 사용법

✱ 주어진 예문에서 사용된 단어들을 잘 살피면서 따라 쓰세요. 어떤 문장이 제일 마음에 드셨나요?

봄바람이 무겁게 다가왔다.

아이의 맑은 눈동자에 서러움이 배어 나왔다.

바다에서 파란 냄새가 났다.

뜨거운 분노는 점점 차가운 경멸로 변해 갔다.

　기억에 남는 인상적인 문장을 만들려면 기술이 필요합니다. 어쩌면 기교일 수도 있겠네요. 임팩트 있는 문장을 만들고 싶을 때 효과적인 기술인데요. 바로 어울리지 않는 단어를 섞어서 문장을 만드는 겁니다. 이질적인 단어로 만드는 낯선 케미가 호기심을 유발하거든요. 글을 읽으면서 문장력이 있다고 느낄 때는 색다르고 낯선 문장을 만난 경우인데요. 평소 알고 있는 문장과는 다르기 때문에 기억에 남게 되죠.

　주어진 예문에서 봄바람의 이미지는 가볍고 따스한데 무겁게 다가 왔다고 하니 왜 그럴까 하는 궁금증이 생깁니다. 그래서 다음 문장을 이어서 읽게 되죠. 또 '낯선'은 '익숙함'과 대비되어 더 진한 여운을 남깁니다. 조금 더 알고 싶게 만들죠.

　파란 냄새라니 이건 또 뭘까요? 학창시절에 청각의 후각화를 배운 기억이 있을 겁니다. 전혀 다른 감각을 엮으니 묘한 분위기를 연출하네요.

　다음 페이지 예문은 차가움과 불꽃을 같이 써서 색다른 느낌을 가져 왔네요. 차가운 그의 눈에서 보인 불꽃은 무엇일까요? 내 문장 쓰기에 주어진 여러 단어로 특별한 문장을 만들어 보세요.

✱ 이번엔 좀 더 긴 문장으로 준비했습니다. 첫 문장을 설명하는 문장이 이어지니 더 편한 느낌이 들 겁니다.

차가운 그의 눈에서 불꽃이 일었다 곧 사라졌다. 무표정으로 돌아간 그의 태도는 언제 그랬나는 듯 편안해 보였다.

어두운 하늘을 보면 뜨거운 무언가가 올라온다. 어두운 하늘 아래 그 애가 건네던 박하사탕과 손끝이 아릿하게 전해지기 때문이다.

그들은 더럽고 추했지만 고상했다. 누구도 화를 내거나 큰 소리를 치지 않았다. 문제가 생기면 대화하고 서로 양보했다.

✱ 내 문장 쓰기에 주어진 예제를 보고 두 단어로 최상의 문장을 만들어 보세요. 어떤 이야기가 들리시나요?

예제 얼음 - 열기

예제 분노 - 연민

예제 추하다 - 아름답다

예제 지루함 - 즐거움

예제 파란 - 붉은

예제 증오 - 사랑

06
문장에도 리듬이 있다

✱ 글의 리듬은 문장의 길이로 만듭니다. 문장의 길이에 신경 쓰면서 따라 쓰세요. 리듬이 느껴지시나요?

시간이 없었다. 무엇보다 해결해야 할 일이 산더미라는 사실이 범준을 더 힘들게 했다. 무엇부터 하지? 범준은 시답잖은 생각들로 꽉 찬 머리를 흔들어 봤지만 피부처럼 들어붙은 생각은 사라지지 않았다. 범준은 의자에서 무거운 몸을 일으켰다. 현관문을 열고 나서자 업무 목록이 머리에 그려졌다.

사람들이 좋아하는 맛 중에 단짠 단짠이 있죠. 달콤하면서도 짠맛이 어우러져 맛을 더해줍니다. 사람들은 왜 이런 맛을 좋아할까요? 가장 큰 이유는 일단 먹는 재미가 있거든요. 지루하지 않죠. 글을 읽는데도 재미가 필요합니다. 글에 재미를 부여하는 하나가 문장의 리듬입니다. 문장에도 리듬이 있습니다. 긴 문장과 짧은 문장이 자연스럽게 이어지면 글을 읽는 맛이 나거든요. 글에서 단조롭지 않고 재미를 주는 방법은 문장의 길이를 조절하는 겁니다. 문장의 길이를 달리하는 리듬은 글을 읽을 때 지루함을 덜어주기도 하죠. 별거 아닌 것 같지만 의외로 효과가 좋고 중요합니다.

첫 번째 예문을 보시면 긴 문장과 짧은 문장이 반복해서 교차합니다. 하지만 주의할 점은 너무 규칙적으로 반복을 하면 오히려 안 좋습니다. 문장을 만들 때 이 부분을 염두에 두시면 글 좀 쓴다는 소리 들으실 겁니다.

두 번째 예문도 문장의 길이가 다른 문장들이 자연스럽게 이어집니다. 문장의 길이뿐 아니라 형식이 다른 문장들이 가끔 섞이도록 하는 것도 좋습니다. '~다'로 끝나는 평서문으로만 이어지는 글은 자체로 하품을 유발하거든요. 작은 차이가 명품을 만듭니다.

처음엔 잘못 본 줄 알았다. 분명 도로 맞은 편 가게 앞에 아이가 서 있었다. 그런데 없다. 정말 눈 깜짝할 사이에 시야에서 사라져버렸다. 이게 가능한 것일까? 나의 착각이라고, 잘못 본 것이라고 속으로 계속 되뇌면서 한참을 그 자리에 서서 가게 앞을 보고 또 보았다. 아무리 눈을 부릅뜨고 둘러봐도 아이는 보이지 않았다. 요즘 들어 이상한 일이 생기고 있다. 갑자기 두려움이 왈칵 몰려왔다. 마치 이상한 나라의 엘리스처럼 다른 차원으로 빨려 들어간 걸까?

✽ 내 문장 쓰기에서는 일기나 기억나는 일들을 쓰되 문장의 길이를 신경 쓰면서 써 보세요. 문장을 리듬을 잘 만들어서 지루하지 않은 글을 만드는 겁니다.

07
단어 반복은 하지 마세요

✻ 어떤 단어가 반복되었는지 찾으셨나요? 주어진 예문에는 두 가지 단어가 반복됩니다. 잘 확인하면서 따라 쓰세요.

바람이 좋았다. 그러나 바람은 나에게 오지 않았다. 나에게 오지 않는다고 원망은 없었다. 원망이 없다고 기다림이 사라진 것은 아니었다. 지나가는 사람이 만드는 작은 바람에도 흔들리곤 했다. 언젠가는 바람이 머무를 걸 알고 있었다.

-〉 바람이 좋았다. 그러나 나에게 오지 않았다. 원망은 없었다. 그렇다고 기다림이 사라진 건 아니었다. 지나가는 사람이 만드는 작은 바람에도 흔들리곤 했다. 언젠가는 바람이 머무를 걸 알고 있었다.

　이번엔 아마 글을 쓸 때 가장 많이 하는 습관일 텐데요. 한번 사용한 단어를 굳이 필요하지 않은데도 반복해서 쓰는 경우가 의외로 많습니다. 사실 신경 쓰지 않고 쓰다 보면 흔하게 생기는데요. 이러면 글맛이 안 삽니다. 그러니 같은 단어는 반복하지 마세요. 게다가 글을 읽는 속도마저 떨어져 전달력도 나빠집니다. 좋은 문장은 이런 부분까지 염두에 두어야 나옵니다. 처음엔 일단 생각나는 대로 쓰더라도 다시 한번 문장을 보면서 다듬을 때 이런 점을 염두에 두면 더 좋은 문장이 되겠죠? 주어진 예문을 따라 써 보고 비교해 보세요. 반복된 단어를 뺀 두 번째 문장만 써도 됩니다.

　첫 번째 예문은 바람을 다시 쓰지 않아도 의미 전달에 큰 무리가 없습니다. 오히려 담백함이 느껴집니다. 이어지는 '원망'을 반복하느니 '그렇다고'처럼 이어주는 말을 넣는 것이 더 좋습니다.

　두 번째 예문은 할미꽃과 산길이 반복되어서 복잡한 느낌이 듭니다. 그런데도 이렇게 쓰는 경우가 많다는 점을 꼭 기억하시기 바랍니다. 내 문장 쓰기 예문에서 무엇을 반복하지 않을지 고민하면서 써 보세요. 내 문장 쓰기는 반복되는 단어뿐만 아니라 내가 쓰고 싶은 문장으로 바꾸어도 좋습니다.

할미꽃이 산길을 따라 피어 있었다. 할미꽃이 이렇게 산길에 많이 피어 있는 것을 그날 처음 보았다. 산길에는 이름을 알 수 없는 야생화들이 잔뜩 피어 있었다. 야생화들의 작은 꽃잎이 아기자기하게 무리를 이루고 있어 보기 좋았다. 산이든 들이든 작은 꽃들은 모여 있어야 더 예쁘다. 서로를 받쳐주는 배경이 되기 때문이다. 사람도 할미꽃처럼 이랬으면 좋겠다.

-> 할미꽃이 산길을 따라 피어 있었다. 이렇게 많이 피어 있는 것을 그날 처음 보았다. 이름을 모르는 야생화도 잔뜩 피어 있었다. 작은 꽃잎이 아기자기하게 무리를 이루고 있어 보기 좋았다. 산이나 들에 핀 들꽃들은 모여 있어야 더 예쁘다. 서로를 받쳐주는 배경이 되기 때문이다. 사람도 이랬으면 좋겠다.

✽ 내 문장 쓰기 예문은 어떤 단어가 반복되는지 찾으셨나요? 반복된 단어는 몇 가지일까요? 여러분이 직접 찾으면서 문장을 완성해 보세요.

행복은 어디에나 있다. 우리가 행복을 찾아 온 세상을 뒤진다 해도 결국 우리는 찾지 못한다. 행복은 늘 우리 곁에 있다는 사실을 우리는 기억해야 한다. 많은 사람들이 이 사실을 잊고 저 멀리에서 행복을 찾으려고 애를 쓴다. 행복은 곁에 있는 것 같다가도 손에 잡힌 모래처럼 어느새 빠져나가 버린다. 이렇게 순간에 지나지 않은 행복을 잡으려 얼마나 많은 시간을 허비하고 있는지 안다면 더 이상 찾으려 하지 않을 텐데. 도대체 우리는 무엇을 알고 무엇을 모르는 것일까?

08
서술어를 반복하지 마세요

✱ 어떤 서술어가 반복되었나요? 반복된 서술어가 어떻게 다르게 표현되었는지 살펴보면서 따라 쓰세요.

처음 가보는 곳이라 낯설었다. 서울 근교라 지나치기만 했을 뿐 도심으로 들어가기는 처음이라 더 낯설었다. 익숙하지 않은 것들은 어쩐지 두렵기도 하고 설레기도 한다. 작은 도심은 마치 원반처럼 큰 공원을 중심으로 길이 나 있었다.

-> 처음 가보는 곳이라 낯설었다. 서울 근교라 지나치기만 했을 뿐 도심으로 들어가지는 않았다. 익숙하지 않은 것들은 어쩐지 두려우면서도 설렌다. 작은 도심은 마치 원반처럼 큰 공원을 중심으로 길이 이어져 있었다.

앞 문장에 썼던 서술어를 반복하는 경우가 의외로 많은데요. 같은 서술어가 계속 이어지면 글의 내용이 헷갈립니다. 만약 같은 서술어를 써야 할 경우에는 아예 비슷한 걸로 바꾸세요. 같은 서술어를 반복하는 이유는 사실 마땅한 서술어가 생각이 안 나기 때문인데요.

그래서 더욱 이런 연습시간이 필요합니다. 직접 써 보면 기억이 저장되고 새로운 서술어도 떠오르니까요. 마땅한 서술어가 안 떠오를 땐 그냥 '~하다'로 바꾸는 게 무난합니다.

첫 번째 예문은 첫 문장의 '낯설었다'를 두 번째 문장에서는 '않았다'로 바꾸었습니다. 서술어가 다르니 더 잘 읽히죠? '두렵기도 하고 설레이기도 한다'에서는 '~하다'가 반복되니 늘어집니다. '두려우면서도 설렌다'로 바꾸니 더 깔끔하네요.

두 번째 예문에서는 전체적으로 반복되는 주어 영철이만 없애도 문장이 슬림해집니다. 같은 주어를 반복하는 경우가 의외로 많습니다. 주어가 같은 문장이 이어진다면 앞선 주어가 아닌 다른 주어를 찾아서 쓰는 게 더 좋아요. 특히 '~것이다'는 문장마다 자주 반복하지 마세요. 내 문장 쓰기에 주어진 예문을 보고 응용하세요. 다양한 문장을 만들고 또 고치면서 가지고 노는 게 글 잘 쓰는 비결입니다.

눈발이 거침없이 내리는 날이었다. 이런 날은 공치는 날이었다. 눈이 발목까지 쌓이면 일을 할 수가 없었기 때문이다. 그리고 영철이가 놀러오는 날이기도 했다. 영철이는 앞 식당에서 일하는데 손님이 없는 날이면 어김없이 놀러왔던 것이다. 영철이는 아마 오늘도 내 방을 차지하고는 이런 저런 요구를 할 게 틀림없을 것이다.

-〉눈발이 거침없이 내리는 날이었다. 이런 날은 그냥 쉬어야 했다. 왜냐하면 눈이 발목까지 쌓이면 일을 하기 어려웠기 때문이다. 오늘은 영철이도 왔다. 앞 식당에서 일하는 영철이는 손님이 없는 날이면 어김없이 놀러왔다. 오늘도 내 방을 차지하고는 뒹굴뒹굴할 게 틀림없다.

✽ 내 문장 쓰기에서는 서술어만 아니라 주어도 반복됩니다. 반복된 서술어를 더 자연스러운 서술어로 바꾸어 보세요.

우리는 모두 어떤 임무를 띠고 시작한 것이다. 그럼에도 우리 단체의 일부는 새로운 상황에서 힘들어하고 흔들리기 시작했던 것이다. 처음엔 서로를 격려하고 다독거렸지만 시간이 지날수록 유대감이 약해졌던 것이다. 이런 상황이 지속되자 하나둘 단체를 떠나는 일까지 발생하고 있었다. 단체의 간부들은 당황하기 시작했다. 개별적인 면담을 시도해 보았지만 한번 마음을 바꾼 사람들을 설득하기는 점점 어려워지기 시작했다. 결국 몇 년 후 단체는 해체되고 말았다.

09
접속사를 없애면 담백해집니다

✱ 접속사를 뺀 문장을 따라 쓰세요. 접속사만 빠진 게 아니라 문장을 연결하는 점도 살펴보세요.

아침이 밝았다. 그리고 나무들이 깨어났다.
-〉 아침이 밝았다. 나무들이 깨어났다.

잘 익은 살구들이 떨어졌다. 그런데 동네 사람들은 줍지 않았다.
-〉 잘 익은 살구들이 떨어져 있는데도 동네 사람들은 줍지 않았다.

만족을 찾는 사람들은 많다. 그러나 만족할 줄 아는 사람은 적다.
-〉 만족을 찾는 사람은 많으나 만족할 줄 아는 사람은 적다.

불필요한 접속사만 없애도 문장이 깔끔해집니다. 의미 전달에 무리가 없을 경우 접속사가 없는 편이 더 낫습니다.

특히, '그리고'나 '그러나' 같은 등위접속사는 없어도 의미 전달에 큰 무리가 없습니다. 주어진 예문들을 봐도 접속사가 없어도 충분히 이해가 가죠.

글도 시대에 따라 변하죠. 예전에는 접속사를 많이 사용했지만 요즘엔 접속사를 생략하는 문장을 더 선호합니다. 스마트폰 카톡이나 문자를 많이 사용하다 보니 문장이 간결한 게 더 편하거든요. 현대인들은 글과 가까워지고 구어체와 문어체의 구분은 모호해졌습니다.

주의할 점은 너무 많이 생략해도 안 된다는 겁니다. 문맥상 꼭 필요한 접속사도 있고, 문장이 더 잘 이어지는 접속사도 있으니 먼저 문장에 대한 감각을 익히는 것이 중요합니다. 사족이지만 글쓰기는 명확한 규칙이 있는 건 아니에요. 보기에 더 좋은 문장은 각자 다를 수 있으니까요. 그게 또 창작의 즐거움이기도 하고요. 그러니 규칙에 너무 얽매이기보다 자신만의 개성 있는 문장을 만들어 보세요. 그래야 글쓰기가 재미있게 느껴집니다. 내 문장 쓰기에 주어진 예문을 보고 접속사를 모두 뺄지 어떤 것을 생략할지 고민하면서 써 보세요.

✱ 주어진 예문과 바뀐 예문의 차이를 잘 살펴보세요. 만약 나라면 어떻게 바꿀까도 생각하면서 말이에요.

파도가 세차게 일었다. 그러나 아무 일도 없는 듯 거북이는 유유히 걸어가고 있다.

-> 파도가 세차게 일었다. 아무 일도 없는 듯 거북이는 유유히 걸어가고 있다.

경수는 화가 많이 났다. 그래서 영희를 향해 있는 힘껏 고함을 질렀다.

-> 경수는 화가 많이 났고 영희를 향해 있는 힘껏 고함을 질렀다.

처음 본 사람은 경계해야 한다. 왜냐하면 위험할 수도 있기 때문이다.

-> 처음 본 사람을 경계해야 하는 건 위험할 수도 있기 때문이다.

✽ 내 문장 쓰기에 주어진 예문을 보고 접속사를 뺀 문장으로 만들어 보세요. 접속사만 단순히 빼는 게 아니라 다음 문장과 어떻게 연결을 할 건지 생각하면서 써야 합니다.

바다가 좋아졌다. 언제부터인지 모르지만 산보다 바다가 좋다. 하지만 산이 싫어진 건 아니다. 그리고 여전히 주말이면 산에 오른다. 그저 잘 몰랐던 바다의 넓은 매력을 발견했기 때문이다. 그래서 바다 앞에 서면 속이 뻥 뚫린다. 그리고 나를 가두고 있는 답답함이 사라지는 해방감을 느낀다. 그렇지만 바다는 그늘이 없다. 그래서 그늘 속에 잠시 머물고 싶을 때면 결국 다시 산을 찾게 된다. 그러므로 산과 바다는 마치 영양소처럼 모두 필요하다.

10
제대로 써야 하는 조사

✱ 주어진 두 문장 중 아래 예문을 따라 쓰세요. 조사가 빠진 문장이 무엇이 다르게 느껴지는지를 살피면서 쓰세요.

우리나라의 경제 상황에 대한 의견들이 쏟아졌다.
-〉 우리나라 경제 상황에 대한 의견들이 쏟아졌다.

사람의 마음에도 계단이 있다.
-〉 사람 마음에도 계단이 있다.

내 말을 듣고 기분이 상한 것처럼 보인 건 나의 착각이었던 걸까?
-〉 내 말을 듣고 기분이 상한 것처럼 보인 건 착각이었을까?

　조사는 문장에서 중요한 역할을 합니다. 특히, 주격조사의 경우 무엇을 쓰느냐에 따라 의미가 완전히 달라지기도 하니까요. 예를 들어, '글을 못 쓴다'와 '글만 못 쓴다' 그리고 '글도 못 쓴다'는 의미가 완전히 다르죠. 이렇게 빼거나 생략하면 안 되는 조사도 많습니다.

　하지만 관형격 조사 '~의'는 조심해서 써야 합니다. 잘 알려졌듯이 일본어의 영향이라는 걸 알면서도 오래된 습관이다 보니 아직도 많이 쓰고 있죠. 조사만 제대로 써도 문장이 깔끔해집니다.

　첫 번째 예문에서 조사 '~의'가 없어도 내용 전달에 아무 문제가 없죠. 오히려 더 심플하고 속도감도 느껴집니다.

　두 번째 예문은 관형사 '그'는 없는 게 더 담백하고 젊은 감각이 느껴집니다. '그'나 '저', '이'가 많이 들어간 문장이 많으면 어쩐지 올드하게 느껴지죠. 이 정도는 너무 작은 차이라고요? 이런 작은 차이가 기술입니다.

　몽테뉴는 싫증나는 문장보다 배고픈 문장을 쓰라고 말했습니다. 내 문장쓰기에서 주어진 예문은 조사뿐만 아니라 전체적으로 다듬을 필요가 있는 문장들로 구성했습니다. 더 자연스러운 문장으로 만들어 보세요.

✽ 이번엔 관형사가 들어간 문장과 뺀 문장의 차이를 느껴 보세요. 어떤 문장이 더 깔끔하게 읽히나요?

그 나무 아래에 작은 돌들 사이에 작은 야생화들이 피어 있다
-〉 나무 아래 작은 돌들 사이로 작은 야생화들이 피어 있다.

그 산에 올라 우리의 문제에 대한 이야기를 나누었다. 이 문제에 대해 오랜만에 진지한 이야기를 나누었다.
-〉 산에 올라 우리 문제에 대해 이야기를 나누었다. 오랜만에 진지한 이야기가 오고 갔다.

우리가 사는 이 세상에 소중하지 않은 건 없다.
-〉 우리가 사는 세상에 소중하지 않은 건 없다.

✽ 내 문장 쓰기에 주어진 예문을 잘 다듬어서 나은 문장으로 만들어 보세요. 관형사만 아니라 다른 부분도 바꾸면서 써 보세요.

독서 교육을 통해서 알게 된 것은 그저 성적을 위한 독서는 아무 소용이 없다는 것이다. 이 독서 교육도 선생님과 아이들과의 교감이 중요하다. 그 중에서 아이에게 중요한 교감을 나눌 수 있는 최고의 선생님은 바로 엄마다. 엄마가 읽어주는 목소리를 통해서 아이들은 정서적 안정감을 얻는다. 엄마의 목소리에는 아이에게 안정감을 주는 편안함이 있다. 그 안정감이 아이의 정서발달에 큰 요인이 된다. 아이가 어릴수록 엄마가 주는 안정감은 더욱 중요하다.

11
긴 문장 간결하게 만들기

✽ 아래에 주어진 예문을 따라 쓰세요. 그냥 따라 쓰기만 하기보다는 문장이 어떻게 바뀌었는지 살피면서 쓰셔야 합니다.

시간은 점점 더디 가고 이마 위로 흐르는 땀은 목덜미 아래로 흘러 셔츠 깃이 젖어가고 있었다. 어둡고 조용한 복도에 울리는 발소리는 빠르게 다가오고 있어 누구인가를 생각할 틈도 없이 두려움이 먼저 온몸을 감싸버렸다.

-〉시간은 더디 갔다. 이마 위로 흐르는 땀으로 셔츠 깃이 젖고 있었다. 어둡고 조용한 복도에 울리는 발소리는 빠르게 다가오고 있다. 누구인가를 생각할 틈도 없이 두려움이 먼저 온몸을 감쌌다.

　첫 인상이 중요하듯 첫 문장도 중요합니다. 너무 많은 단어로 채운 긴 문장은 이해하는 데 오히려 방해가 되죠. 전달력이 떨어지니 흡입력도 약하고요.

　문장은 간결할수록 좋습니다. 현대인들은 긴 문장에서 점점 멀어지고 있습니다. 긴 문장을 연결해서 이해할 만한 시간이 없어요. 간결한 문장을 속도 있게 주고받죠. 그러니 간결하게 쓰려고 해 보세요. 독자들이 더 쉽게 이해할 겁니다. 주어진 예문에서 첫 문장은 그냥 읽고 두 번째 문장을 써 보세요.

　첫 번째 예문에서는 첫 문장의 중요성을 보여주고 있습니다. 첫 문장은 특히 간결해야 합니다. 처음부터 긴 문장은 부담스럽죠. 긴 문장을 나누는 연습은 간결한 문장을 익히는 데 좋은 훈련이 됩니다.

　두 번째 예문의 문장은 세 문장까지 나누어집니다. 그만큼 한 문장 호흡이 너무 길어요. 한 문장이 너무 길면 전달력이 떨어집니다. 읽는 사람이 앞 문장과 뒤 문장을 기억하면서 연결하기가 쉽지 않거든요. 내 문장 쓰기를 할 때 앞 수업 내용인 '문장에도 리듬이 있다' 부분을 기억하시면서 문장을 나누어 보세요. 앞 수업의 내용들을 축적하면서 글쓰기를 하셔야 더 도움이 됩니다.

행복이란 감정은 아주 주관적이어서 다른 누군가와 비교할 수 없다는 사실을 잘 알면서도 실천이 안 되는 이유는 무엇일까? 타인과의 비교를 멈출 수만 있다면 행복은 저절로 손에 넣을 수 있다. 그런데 우리는 비교를 멈추지 못하고 틈만 나면 남과 나를 비교한다. 그 이유 중 하나는 자아는 타자를 통해서만 확인할 수 있기 때문이다.

-〉 행복이란 감정은 주관적이다. 다른 누군가와 비교할 수 없다는 사실을 잘 안다. 그런데 실천이 안 되는 이유는 무엇일까? 타인과의 비교를 멈출 수 있다면 행복은 저절로 손에 들어 들어온다. 하지만 우리는 비교를 멈추지 못한다. 왜냐하면 자아는 타자를 통해 존재를 확인하기 때문이다.

✱ 내 문장 쓰기에 주어진 예문을 간결하게 하는 것도 중요하지만 어떻게 간결해야 좋은 문장이 될까도 생각하면서 써 보세요.

양쪽으로 난 길에는 각각 안내 표지판이 붙어 있었지만 딱히 큰 도움이 되지는 않았다. 왜냐하면 안내 표지판에 적힌 글이 그야말로 오히려 헷갈리게 하는 말이었기 때문이다. 오른쪽 길에는 '가 보면 알 것이다.' 라고 적혀 있었고, 왼쪽 길에는 '가지 않으면 모른다.' 라고 적혀 있었다. 그 말은 결국 어느 것을 선택해도 결과가 크게 다르지 않을 거란 뜻이기도 했다. 왜 굳이 두 가지 표지판을 만들어 놓았는지 이해가 되지 않았지만 어찌 됐든 간에 어느 쪽이든 선택을 해야만 했다.

글을 쓴다는 건
누군가의 뒷모습에서도 감정을 알아내는 일이다.

더 많은 눈길과 마음이
그만큼 더 간다는 것이기도 하니까.

뒷모습은 많은 걸 담고 있다.
꾸며진 얼굴이 말하지 않는 숨겨진 진짜 마음을

photo @pic_hyeon._.sol

글쓰기 이야기

나탈리 골드버그라는 미국 작가는 이런 말을 남겼습니다.

"글쓰기는 글쓰기를 통해서만 는다."

결국 글쓰기를 많이 연습하라는 말인데요. 저도 처음 글을 쓰려고 할 때 글쓰기 연습을 꾸준히 많이 하지 않았어요. 왜냐하면 글쓰기는 머리로 하는 거라고 생각했거든요. 내 머리 속에 있는 걸 그냥 끄집어 내기만 하면 되는 줄 알았습니다. 물론 머릿속에 대단한 생각이 들었던 것도 아니면서 말이죠.

방송작가 교육원에 다닐 때 강의를 해 주셨던 선생님께서 드라마를 쓰려면 모든 미움과 원망을 뛰어 넘으라고 하셨습니다. 그땐 그게 무슨 말인가 했죠. 지금에서 생각해보니 그만큼 사고가 깊어져야 한다는 걸 말씀하셨던 것 같습니다. 글쓰기는 머리가 아니라 마음으로도 써야 하는 거구 나를 나중에 깨달았습니다.

그렇다고 좋은 마음과 깨달음만 있으면 좋은 글이 나올까요? 글쓰기는 논리적인 작업입니다. 그래서 훈련이 필요합니다. 그냥 백지에 마구 휘갈겨 쓰면 되는 게 아니거든요. 글쓰기는 연습을 하지 않으면 아무리 좋은 생각도 제대로 표현하기가 어려워요. 글쓰기는 양적인 연습이 따라줘야 질적으로도 향상이 됩니다. 글쓰기는 많이 써야 늘고 방법을 알면서 쓰면 조금 더 많이 늡니다.

2장

매력적인 글에
필요한 표현 감각

01
사물에 감정을 넣으세요

✱ 예문을 따라 쓰면서 사물을 어떻게 표현했는지를 잘 보세요. 사물에서 무엇이 전달되나요?

비릿한 의자가 땅에 앉아 있다.

나무의 손등이 거칠어져 있었다.

바닷가 바위는 하루 종일 울었다.

덩그러니 놓인 장난감만이 홀로 놀고 있었다.

글을 읽다 보면 가끔 무릎을 탁치게 하는 표현들이 있습니다. 이렇게 탁월한 표현은 어떻게 만드는 걸까 싶죠. 잘 보면 이런 표현들은 일반적이지 않은 뭔가 다른 시각을 보여 줍니다. 그래서 임팩트가 있는 거고요.

사물에 감정을 불어 넣으면 남다른 문장이 됩니다. 일종의 문장의 기교인데요. 무생물에 생명을 부여하면 색다른 느낌을 주거든요.

첫 번째 예문의 '의자'는 어부인 아버지이거나 생선을 파는 엄마일지도 모릅니다. 아무튼 누구인지 모른다 해도 어? 하고 멈칫하게 됩니다.

그럼 '바위'는 누구일까요? 사물에 감정을 넣으면 호기심이 생기죠. 다음 문장을 읽고 싶어지게 합니다. 단, 주의할 점은 이런 문장은 일종의 치장 같은 거라 이런 문장만 계속 이어진다면 시가 되어버려 전달력이 떨어집니다.

산문이 지나치게 상징적인 비유만 이어지면 읽는 사람이 이해하기가 쉽지 않아요. 그러니 가끔 임팩트 있는 느낌을 줄 때만 쓰는 게 좋겠죠. 이런 문장이 하나 있고 없고에 따라 글의 느낌은 많이 달라지니 매력적인 글을 쓰고 싶다면 이런 표현법도 연습해 보세요.

✽ 이런 문장에서는 주어가 중요합니다. 사물에 감정을 부여하는 건 주어를 사물로 한다는 말이기도 해요.

현관 앞 구두가 오늘따라 나를 보고 웃는다.

‒‒

그녀의 어깨가 까르륵 웃는다.

‒‒

돌아가신 아버지의 낡은 모자만이 방에 남았다. 모자는 여전히 외롭고 쓸쓸해 보였다.

‒‒

‒‒

그가 두고 간 오래된 가방이 아침부터 나에게 말을 건다. 오늘도 그리웠다면서.

‒‒

‒‒

✻ 내 문장 쓰기입니다. 주어진 예제에 감정을 불어 넣어서 문장을 만드세요. 어떤 감정을 넣으실지 생각하셨나요? 먼저 어떤 감정과 예제를 연결시킬지 생각하시고 문장을 쓰셔야 합니다.

예제 책상

예제 연필

예제 모래

예제 모자

예제 행주

02
오감이 살아나는 글

✱ 주어진 예문을 천천히 따라 쓰면서 어떤 감각인지 느껴보세요.
무엇이 느껴지나요? 손에 잡히는 것은 무엇일까요?

무언가 선뜩한 차가움이 먼저 닿았다. 손가락 끝으로 매끄러운 표면
이 느껴졌다. 손을 대고 있자 내 체온이 옮겨지는 느낌이 전해졌다.
더 이상 차가움은 없어졌지만 여전히 깊은 냉기가 남아 있었다. 손끝
으로 날카로운 날이 닿았지만 뾰족한 끝은 무언가를 찌르기엔 날이
무뎌져 있는 듯하다. 날 끝으로 꺼끌꺼끌한 더께가 만져졌다.

　좋은 문장은 보이지 않는 면을 보여줍니다. 보이지 않는 것은 어떻게 알 수 있을까요? 지금 필요한 건 바로 상상력입니다. 글쓰기에 상상력이 없다면 정말 지루하겠죠. 그런 문장을 쓰기 위해선 평소에 쓰지 않는 감각을 훈련하는 것이 필요합니다.

　만약 촉감만 느낄 수 있다면 어떨까요? 아니면 청각만 느낄 수 있다면요? 아마 표현의 방식이 굉장히 달라질 겁니다. 이런 다양한 표현 훈련만이 문장력을 좋아지게 만듭니다. 오감을 동원해서 시각이 아닌 다른 감각을 찾아보세요. 색다른 경험이 될 겁니다.

　주어진 예문은 촉감과 청각으로 느끼는 세상입니다.

　첫 번째 예문은 촉각만으로 표현한 겁니다. 손에 만져지는 것은 도대체 무엇일까요? 궁금증이 생깁니다. 실제로 차가운 스틸을 눈을 감고 만져 보세요. 어떤 감각이 어떤 경로로 전달되고 인지되는지 느끼면 다른 세상이 펼쳐질 겁니다.

　두 번째 예문은 청각만으로 느끼는 세상입니다. 들리는 것만으로 세상을 알아야 한다면 분명 많이 다를 겁니다. 오감을 동원하여 상상력을 발휘해 보세요. 내 문장 쓰기에 주어진 상황에 따라 글을 써 보세요. 분명 알차고 귀한 시간이 될 겁니다.

✱ 이번 예문은 어떤 감각인지 아시겠죠? 하나의 감각으로만 쓰는 게 생각보다 쉽지 않아요. 천천히 따라 쓰면서 감각을 익히세요.

사람들 목소리 사이로 작은 소음들이 끊임없이 들려왔다. 주변의 소리에 귀를 기울일 수밖에 없었다. 무언가 긁히는 소리와 끌리는 소리가 동시에 들렸다. 그건 강한 마찰력이 있다는 거다. 어떻게 여기에 있게 된 건지는 중요하지 않았다. 지금 이 곳이 어디인지가 더 중요했다. 사람들 말소리와 무언가 굴러가는 소리들은 길과 그리 멀지 않다는 뜻이다. 심란했던 마음이 가라앉자 귓가에 바람에 풀이나 나뭇잎들이 흔들리는 소리가 들렸다.

✽ 내 문장 쓰기에 주어진 상황이 만만치 않습니다. 후각만으로 글을 쓰는 게 쉽지 않겠지만 이런 훈련이 쌓여 실력이 되니 잘 생각해 보시고 써 보세요. 지금 알 수 없는 거리를 걷고 있는 중입니다. 갑자기 모든 감각이 안 느껴지고 후각만 살아 있습니다. 어떤 냄새가 나나요? 멀리서 또는 가까이서 나는 냄새는 어떤 차이가 있나요?

03
감정을 표현하세요

✱ 주어진 예문에서 느껴지는 감정은 익숙할 겁니다. 이렇게 익숙한
감정을 글로 표현하려면 감정을 일단 내보여야겠죠?

하늘을 나는 기분이다. 붕 뜬 마음이 쉽게 가라앉지 않는다.

속에서 무언가 욱하고 올라왔다. 오전 내내 구름을 걷듯이 가벼웠던
마음은 어디론가 사라져 버렸다.

그냥 지나가는 말 한마디에도 신경 한 끝이 자꾸 걸렸다.

   감성적인 글은 감정을 잘 드러내는 글입니다. 문장을 쓸 때 표현하고자 하는 감정을 있는 그대로 드러내야 합니다. 내 감정에 솔직하다면 감성적인 글쓰기는 어렵지 않습니다.

감추거나 이리저리 재지 말고 받은 느낌을 그대로 쏟아내다 보면 어느샌가 글에 감정이 담기게 되죠.

   감성은 섬세함과 예민함에 달려 있습니다. 그런데 사람마다 강도가 좀 달라요. 감정의 기복이 없거나 둔감한 분들도 있거든요. 대체로 이런 분들이 감성적인 글쓰기를 어려워하시더군요. 혹시 평소에 감정을 너무 누르고 계시나요? 그럼 글을 쓸 때만큼은 마음껏 해방시켜 보세요. 시원한 카타르시스가 느껴지기도 합니다.

   그럼 감성적인 글은 왜 배워야 할까요? 우리의 뇌는 아무리 이성적인 사람이라도 감성이 아예 작동을 안 하는 경우는 없습니다. 그런 이유로 감성이 들어있는 글쓰기는 모든 이에게 편하게 다가서는 장점이 있습니다. 또, 딱딱한 글에 부드러움을 더해 주죠.

   감성 글쓰기 훈련은 여러분의 글에 섬세함을 더하게 될 겁니다. 여러분들의 고민을 덜어드리고자 예제를 드리니 감성을 동원해서 글을 만들어 보세요.

✽ 엄마가 되고 나니 알게 되는 감정입니다. 예문을 따라 쓰면서 엄마의 감정을 느껴보세요.

아이의 작은 손이 꼭 쥐어져 있었다. 손가락 하나하나에 보석이 들어 있는 듯 빛이 났다. 눈 끝이 아려왔다. 콧등 위로 눈물이 떨어졌다. 내 마음이 저절로 아이한테 끌려 들어갔다. 사랑은 이런 거구나! 진정한 사랑은 조건이 아니라는 걸 그 순간 깨달았다. 내 모든 것을 주어도 아깝지 않을 사랑을 이제야 찾았다. 사랑이란 주는 거라는 말이 실감나게 다가왔다. 준비 없이 시작된 아이에 대한 사랑은 아무리 퍼내어도 금세 가득 차오르는 화수분이었다.

✱ 이번 내 문장 쓰기는 예제를 드렸습니다. 감정을 표현하기에 좋은 단어입니다. 예제에서 힌트를 얻으셔도 되고, 쓰고 싶은 글이 있다면 다른 예제를 넣어서 써도 됩니다.

예제　가을, 잔소리, 약속

04
반전이 있는 재미있는 글

✱ 주어진 예문을 천천히 쓰세요. 글의 흐름을 잘 파악하면서 써야 합니다. 반전이 어디서 나오는지도 보세요.

그가 좋았다. 늘 내 곁에서 말을 걸어주고 나를 위로해 주었다. 나의 기분을 알아서 대해 준다는 건 아주 기분 좋은 일이라는 걸 처음 알게 되었다. 사람이 마음을 나눈다는 기쁨을 알게 해 준 그가 늘 고마웠다. 그런 그가 오늘 사라졌다. 마치 물이 증발해버린 것처럼 그를 기억하는 사람이 아무도 없었다.

　글에서 반전은 흥미를 유발하고 충격을 줍니다. 글쓰기에서 아주 중요한 기법 중 하나인데요. 이야기의 반전은 궁금증을 유발하고 이야기의 흐름을 바꿉니다. 그래서 전혀 다른 새로운 이야기가 시작되게 만듭니다. 사람들은 왜 이야기를 좋아할까요? 여러 이유가 있지만 중요한 하나는 예상치 못한 반전입니다. 내 생각과 다른 이야기의 전개는 기분을 환기시켜 주거든요. 늘 똑같고 지루한 일상에선 만나기 힘든 것이죠. 만약 있다 하더라도 작은 반전이라 유머에 속할 뿐 놀라움과 흥미를 가져 오지는 못합니다.

　주의할 점은 반전을 위한 상황을 먼저 만들어야 한다는 점입니다. 상황 설정이 극적일수록 반전의 효과는 더해지겠죠?

　첫 번째 예문처럼 따뜻하고 좋은 감정도 나누며 한창 분위기 좋은데 갑자기 남자가 사라졌네요? 반전은 이야기의 흐름을 완전히 바꾸어 놓기도 하죠.

　두 번째 예문도 아직 드러나지 않았지만 반전의 구체적인 내용이 무엇인지 기대하게 합니다. 그 다음을 궁금하게 하는 게 이야기의 본질입니다. 내 문장 쓰기에서는 어떤 반전을 만드는 게 좋을까요? 고민이 깊을수록 결과는 좋을 겁니다.

엄마를 미워했던 시간은 삶의 대부분을 차지했다. 용서가 위대한 것은 상대가 아니라 자신을 구원하기 때문이라는 말도 통하지 않았다. 그녀에게 용서란 오직 미워하는 것이었다. 오늘 그 명제가 산산이 부서졌다. 엄마가 남긴 일기장은 그녀의 인생을 완전히 바꾸어 놓았다. 일기장에 적힌 일들은 엄마가 남긴 변명이기도 하지만 나에 대한 사랑이기도 했다. 왜 진작 말로 하지 않았을까? 또 다른 원망이 싹 트려는 순간 엄마의 글과 마주했다.

✱ 내 문장 쓰기에는 재미있는 상황을 만들어 놓겠습니다. 어떤 반전을 만들지 생각해보고 재미있는 글을 만들어 보세요.

"어릴 적 나를 괴롭히던 친구를 우연히 만났습니다."
친구에 대한 반전은 무엇일까요?

05
마음을 움직이는 아이러니

✽ 주어진 예문을 천천히 따라 쓰세요. 글의 느낌이 어떻게 느껴지는지도 생각해 보시고요.

4월 벚꽃이 흩날리고 있었다. 내 곁에는 언제나 황홀한 그녀가 있었다. 꿈결 같은 시간이 지속되기를 바라며 환하게 웃고 있는 그녀를 바라보았다. 그러나 아이스크림을 다 먹자 그녀가 느닷없이 이별 통보를 했다. 화려한 벚꽃 아래서 맞은 이별은 유난히 쓸쓸했다. 돌아서는 뒷모습이 떨어지는 벚꽃 잎보다 화사해 보여 더 슬펐다.

인생에는 많은 아이러니가 있죠. 우리는 사는 동안 이해할 수는 없지만 어쩔 수 없는 상황을 많이 경험합니다. 그래서일까요? 글에서도 아이러니한 상황을 만들면 강한 여운과 공감을 끌어냅니다.

아이러니한 상황을 쓸 때는 상황 설명을 잘 하는 것이 중요합니다. 어떤 상황에서 아이러니한 일이 벌어졌는지를 충분히 말해 주어야 등장 인물의 심정이나 기분이 잘 이해가 됩니다.

주의할 점은 이런 상황에 맞닥뜨렸을 때 사람들이 겪는 감정이나 반응을 어떻게 표현하는지가 중요합니다. 격한 감정을 드러내도 되지만 다른 비유적인 표현도 꽤 멋지거든요.

첫 번째 예문처럼 이별의 상황에서 어떤 감정이 들었는지를 말해줘야 아이러니한 상황에 대한 공감이 더해지겠죠?

두 번째 예문도 일반적인 감정은 아니기에 더 흥미롭습니다. 자신도 이해되지 않는 감정으로 인해 내면으로 이어지는 통로가 열리겠죠.

사실 이런 아이러니한 경험들로 인해 감정은 더 성숙해지고 내면도 깊어지는 것 아닐까요? 인생에 대한 깊은 통찰은 좋은 글을 만드는 거름이자 바탕이니까요. 우리를 내면으로 이끄는 아니러니는 그래서 좋은 글감입니다.

아버지가 돌아가시자 그는 묘한 감정에 휩싸였다. 슬픔과 함께 슬며시 들어온 해방감이 꽤나 당혹스러웠다. 그는 아버지를 좋아했었다. 아니 좀 더 정확히 말하면 절대 싫어하지 않았다. 그런데 마냥 슬프지만은 안다는 사실이 이상스러웠다. 그동안 아픈 아버지가 부담스러운 적도 있었다. 그렇다고 그가 감당할 몫이 그다지 많지도 않았기에 충분히 감당할 만했다. 조문객들을 받으면서도 머릿속엔 내내 스스로에게 질문을 던지고 있었다.

✽ 내 문장 쓰기에서는 여러분이 직접 아이러니한 상황을 표현해 보는 겁니다. 상황은 주어졌으니 어떤 감정과 생각들이 교차할까요? 고민해보고 잘 만들어 보세요. 상황은 불꽃 축제에서 환상적인 불꽃을 보는 순간에 전해들은 사랑하는 사람의 죽음입니다.

06
자연과 연결하기

✽ 주어진 예문을 천천히 따라 쓰세요. 하늘과 구름을 어떻게 표현했는지 살펴보세요.

하늘 위로 피어난 구름 사이로 파란 하늘이 보인다. 구름이 나인 듯싶어 화들짝 놀란다. 발밑으로 흐르는 것은 정녕 구름인가? 흙인가?

낮은 돌 담벼락 아래 작은 민들레가 낮게 피어 있었다. 그 꽃잎 사이로 눈물이 박혔다. 민들레가 노랗게 흔들렸다.

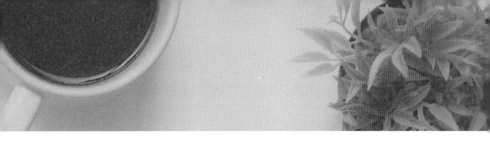

글쓰기에서 자연과 연결하면 섬세한 감성에 쉽게 접근합니다. 자연은 사람이 가장 편하게 생각하는 대상이죠. 게다가 너무 아름답습니다. 이야기 거리도 풍부하고요.

하늘이나 구름 등등 자연은 기본 속성이 서정적이고 감성적이죠. 어느 하나 사람을 거칠게 만들지 않아서인지 참 편한 글이 됩니다. 편안함을 주는 글을 쓰고 싶다면 자연을 많이 활용해 보세요.

첫 번째 예문에 나오는 하늘은 가장 많이 쓰는 단어이기도 한데요. 하늘을 무엇에 연결시키느냐가 중요합니다. 하늘을 감정과 연결시킬 건지 다른 스토리와 연결시켜서 표현할건지 말이에요.

두 번째 예문의 민들레는 단어 자체가 주는 감성이 있습니다. 대부분의 꽃은 이미 감성과 결을 같이 하거든요.

여기서 중요한 건 자연을 다른 대상과 연결을 시켜야 한다는 겁니다. 우리는 자연을 보고 편안함을 느끼긴 하지만 글쓰기는 그런 자연에서 인생의 무언가를 찾아내서 말해 주어야 합니다. 작가가 말하고자 하는 그 무언가를 말이에요. 보이는 그대로만 기술한다면 사진과 다르지 않겠죠. 그런 이유라면 사람들은 글을 읽는 것보다 그림을 보려고 할 겁니다.

✱ 예문을 잘 보시면 자연을 나의 생각과 연결을 했다는 걸 알 수 있어요. 중요한 건 자연을 무엇과 연결하는가 입니다.

산수유 꽃망울이 부풀어 올랐다. 곧 잎들이 벙글어질 거다. 앞산에 산수유가 노랗게 피면 나는 또 갈 거다. 그 곳으로.

바위는 단단했다. 너무 단단해서 차가움이 느껴졌다. 그런데 바위 아래로 작은 이끼들이 촘촘히 나 있었다. 바위가 해를 가리고 있어 생존에 더없이 완벽한 장소가 되었다.

✽ 이번 내 문장 쓰기에는 예제를 주었습니다. 주어진 예제로 글을 써도 되고, 좋아하거나 쓰고 싶은 다른 예제가 있다면 그걸 쓰셔도 됩니다.

예제   채송화, 시냇물, 보리

07
감성을 더해주는 비유법

✽ 주어진 예문을 잘 느끼면서 천천히 따라 쓰세요. 나라면 어떻게 표현할까 생각해 보는 것도 좋겠네요.

나무는 마치 농부의 손처럼 갈라지고 터져서 거칠었다. 비듬이 떨어지듯 벗겨진 껍질들이 여기저기 덜렁덜렁 붙어 있었다.

그들은 흡사 좀비 같았다. 동공은 텅 비었고 혈색은 창백했다. 무엇보다 느리고 음산한 목소리는 소름이 끼칠 정도였다.

　글쓰기에서 시적 표현은 문장에 감성을 더해주고 생기를 줍니다. 게다가 함축적이라 읽는 사람들에게 생각의 여백을 주죠. 이게 또 운문의 매력이기도 하고요. 시적 표현에는 비유법이 많이 쓰입니다. 비유법은 문장 표현에 탁월하죠. 감성적인 글쓰기에 특히 좋고요.

산문에서 많이 쓰이는 비유법은 직유법입니다. '마치'나 '~처럼'을 많이 쓰죠. 그런데 글 전체에 비유법은 적절히 써야 해요. 너무 남발하면 오히려 매력이 떨어진답니다. 늘 돌려 말하는 것보다 때로는 직설적인 표현도 필요하니까요.

　주의할 건 비유하는 대상을 잘 선택해야 한다는 겁니다. 무언가 통하는 지점이 있어야 고개를 끄덕이게 되니까요. 그러려면 대상의 특징을 잘 잡아내야겠죠?

　첫 번째 예문에서 나무를 농부에 비유했듯이 말입니다. 나무와 농부의 거친 생명력을 특징으로 잘 끌어냈습니다.

　두 번째 예문에 나온 '그들'의 특징은 좀비에 비유했네요. 그들의 정체는 모르지만 어떤 상태인지는 예상되는군요.

　중요한 건 비유하는 대상과의 연결지점입니다. 내 문장 쓰기에 주어진 예제 '바다'를 무엇과 어떻게 연결할지 생각하면서 글을 쓰세요.

✱ 아이는 곧 스승이라는 말이 있죠. 아이와 스승을 어떻게 연결하는지 염두에 두면서 따라 쓰세요.

아이의 눈은 별처럼 반짝였다. 나를 바라보며 팔다리를 힘차게 움직이고 있었다. 아이는 눈으로 내게 말했다. 엄마라고. 한 존재의 엄마가 된다는 건 벅차면서도 두려운 감정을 일으켰다. 아이가 눈빛이 또렷해질수록 세상이 넓어졌다. 아이는 마치 스승처럼 나를 성장시켰다. 스승이 때로 제자를 힘들게 훈련을 시키듯 아이를 키운다는 건 정말 힘든 수련과도 같았다. 육체뿐만 아니라 마음 수행할 일이 계속 생겨났다. 아이와 내가 함께 자라는 느낌이었다.

✽ 내 문장 쓰기에 주어진 글감은 '바다' 입니다. 비유법을 써서 바다를 글감으로 글을 써 보세요. 그럼 바다의 특징과 연결할 대상을 먼저 생각하셔야겠죠?

08
추억은 좋은 감성 글쓰기

✽ 주어진 예문과 비슷한 추억 있으실 겁니다. 저장해 두었던 기억을 떠올리면서 천천히 따라 써 보세요.

어릴 적 집 앞에 작은 냇가가 있었다. 거기서 동네 아이들은 물 놀이도 하고 엄마들은 빨래를 했다. 어린 나에게 냇가는 가장 큰 세상이었다. 온 동네 아이들이 첨벙거려도 끄떡없었던 그곳은 바다처럼 넓기만 했다. 그러다 20년이 지나 다시 가 본 시냇가는 이해가 되지 않을 만큼 굉장히 작았다.

추억은 누구에게나 향수를 불러옵니다. 어릴 적 이야기나 지나간 추억을 떠올리는 것만으로도 감정이 풍부해집니다. 누구나 어린 시절이나 지난 일을 떠올리면 감성적이 되곤 하니까요. 만약 감성적인 글을 쓰고 싶다면 지난 추억을 소환하세요.

기억할 건 추억은 좋은 추억만 있는 건 아니라는 겁니다. 안 좋은 기억도 꺼낼 수 있어야 하죠. 글쓰기는 공감이 중요한데요. 사람들은 슬픈 이야기에 더 공감을 잘합니다. 우리에겐 모두 안 좋은 기억이 있으니까요. 그런 기억을 추억으로 만들어 보세요. 때로는 쓰는 사람에게도 읽는 사람에게도 기적이 일어나기도 합니다.

그러니 좋은 이야기만 쓰려 하지 말고 용기를 내어서 안 좋은 기억도 꺼내 보세요. 글로 쓰면서 치유의 시간도 되니 일석이조입니다.

첫 번째 예문은 누구나 있을 법한 기억을 담담히 꺼냈네요. 편하게 떠오르는 기억이 글쓰기를 시작하기엔 좋겠죠.

두 번째 예문처럼 담배를 피던 엄마 때문에 겪었던 어린 시절 경험은 색다르면서도 좋은 이야기가 됩니다. 글은 누구나 쓸 수 있지만 좋은 글에는 때로 용기가 필요합니다. 좋은 글은 누군가의 감정에 가닿아야 한다는 점을 기억하세요.

아침 출근길 마다 동네 요양병원 앞에서 늘 담배를 피우는 할머니를 본다. 손에 담배를 들고 있는 할머니를 볼 때 마다 엄마가 생각났다. 친구들을 데리고 집에 오던 날 담배 피던 엄마를 아이들에게 보이게 돼서 너무 창피했던 기억은 오랫동안 나를 괴롭혔다. 사회 관습과 다를 뿐 나에게 엄마는 더없는 사랑을 준 훌륭한 분이셨다. 어른이 되어 사회에 나와서도 엄마의 담배는 누군가에게 꺼내기 어려운 이야기 중의 하나였다. 그건 내 얘기를 들은 친구들의 말과 다른 눈빛을 본 이후 더 심해졌다.

✱ 이번 내 문장 쓰기는 여러분의 추억을 꺼내는 시간을 드릴게요.
어떤 추억이 글로 쓰고 싶으신가요? 그리고 무엇을 전달할지 충분히
고민해 보고 글로 써 보세요.

_____

_____

_____

_____

_____

_____

_____

_____

_____

_____

09
날씨는 매력적인 글감

✻ 혹시 날씨에 민감하신가요? 주어진 예문을 날씨에 대해 어떻게 표현하는지 살펴보면서 천천히 따라 쓰세요.

아침부터 비가 내렸다. 흙바닥을 적시며 떨어지는 빗방울을 내내 바라보았다. 특별히 할 일이 없는 시간, 비 내리는 모습은 마음을 아래로 가라앉힌다. 빗방울이 흙을 튕기며 떨어지는 순간 맑은 소리도 함께 떨어진다. 비가 오는 날은 소리도 함께 온다. 그래서 더 좋다.

오늘 날씨는 어떤가요? 비가 부슬부슬 오나요? 아님 촉촉하게 내리나요? 날씨는 그대로 감성적이고 묘하게 날마다 조금씩 다릅니다. 미묘한 날씨의 차이를 감각적으로 받아들이면 글에 감성이 배이는데 도움이 될 겁니다. 글을 쓰는 사람은 모든 감각을 예민하게 갈아 놓아야 합니다. 그냥 흩뿌리는 가랑비에서부터 땅을 뚫어버릴 듯 쏟아지는 장대비의 차이를 표현할 수 있어야 합니다. 비나 눈 그리고 햇살이 주는 센스티브한 감정을 놓치지 마세요. 글쓰기는 섬세한 작업입니다. 작은 차이를 찾아내세요.

여기서 주의할 점은 날씨만 이야기하지 말고 감정이나 상황으로 연결시켜야 한다는 겁니다. 그래야 이야기가 풍부해지고 설득력도 생기니까요. 누누이 강조하지만 글쓰기는 나의 생각을 전달하는 겁니다. 나의 생각에는 감정도 들어있죠.

첫 번째 예문은 날씨와 여유를 담백하게 연결시켰네요. 날씨 이야기는 감성이 기본적으로 있어요. 그러니 지나치게 수식적인 문장보다 담백한 문장이 더 좋을 수도 있답니다.

두 번째 예문은 날씨와 예민함을 연결시켜서 설명하고 있습니다. 아무렇지도 않은 일상도 글이 됩니다.

✽ 모든 글은 생각으로 이어집니다. 날이 좋아서, 좋지 않아서 글은 어떤 말을 합니다. 주어진 예문은 무슨 말을 하나요?

햇살이 눈부신 날이 좋다. 이런 날엔 햇살에 닿아 부딪치는 모든 것들이 빛난다. 물에 비친 햇살은 더 좋다. 물빛이 받아내는 햇살은 더 아름답다. 햇빛이 주는 색의 향연에 눈이 가늘어진다. 이런 날을 좋아하면 예민한 거라던데 아마도 이 작은 변화를 섬세하게 잡아내기 때문이 아닐까. 예민함은 때로 상대방을 피곤하게도 하지만 적어도 상대에게 함부로 대하지는 않는다. 상대를 거칠게 대하는지도 모르는 둔함보다는 차라리 낫지 싶다.

✱ 내 문장 쓰기에서 좋은 날이든 안 좋은 날이든 날씨가 주는 생각들을 잘 표현해 보세요. 이왕이면 가장 좋아하는 날씨를 쓰는 게 좋을 겁니다. 떠오르는 생각이 더 많을 테니까요.

예제 흐린 날, 바람이 몹시 부는 날, 첫눈이 오는 날 등등

10
스토리 공식 만들기

✸ 어디서 많이 본 듯한 스토리죠? 이야기는 단순하지만 처음과 끝이 다 있는 스토리 라인을 파악 하면서 따라 쓰세요.

어느 산골에 개구리가 있었다. 개구리는 매일 냇가에 가기를 좋아했다. 그러던 어느 날 냇가에서 마음에 드는 여자를 만났다. 개구리는 그날부터 끈질긴 구애를 펼쳤다. 하지만 그녀는 쉽게 허락을 하지 않았다. 개구리는 더욱 포기하지 않고 구애를 했다. 마침내 개구리의 정성에 감동해 둘은 결혼을 하여 행복하게 살았다.

모든 이야기에 통하는 공식이 있습니다. 미국 애니메이션 영화사인 픽사에서 말하는 스토리 공식인데요. 픽사에 따르면 모든 이야기는 '옛날 옛적에, 매일매일, 그러던 어느 날, 그래서, 그래서, 마침내'로 이야기는 마무리 된다고 합니다. 만화 영화라는 특수성이 있긴 하지만 기억해 둘만 합니다. 이야기를 만드는 기본 구조를 이해하는 것과 그렇지 않은 것은 상당한 차이가 있답니다.

스토리 공식에서 옛날 옛적에는 시. 공간적 배경을 말합니다. 어떤 이야기가 어디서 시작되는지를 알려야 되죠. 하지만 배경이 반드시 실재할 필요는 없습니다.

그리고 이야기를 본격적으로 발전시키기 위해 '매일매일'이라는 장치를 두어야 합니다. 일종의 태풍전야의 고요함이라고나 할까요. 아무 일도 없던 일상에 변화가 생기기 전 느껴지는 긴장감도 함께 주죠.

여기서 중요한 것은 '그러던 어느 날'입니다. 그러던 어느 날은 갈등입니다. 문제가 생기는 거죠. 그러다 '마침내'는 반전이자 결말입니다. 조금 유치한 듯도 하고 너무 단순하게 여겨지지만 이런 공식으로 이야기를 만들어 보세요. 세상의 모든 이야기는 사실 이 공식에서 크게 벗어나지 않습니다.

강원도 산동네에 살고 있는 김복동은 산에서 약초를 캐서 생활하고 있다. 그러던 어느 날 그에게 안 좋은 일이 생겼다. 하필 겨울잠에 들려던 뱀을 건드린 거다. 뱀에 물린 김복동은 사경을 헤매다 사흘 만에 깨어났다. 그가 살아난 건 기적이었다. 어기적거리며 산을 내려오다 정신을 잃었는데 우연히 길을 가던 동네 처녀에게 발견되어 병원에 실려 갔다. 하늘의 뜻이라고 생각한 김복동은 동네 처녀 길녀와 부부의 연을 맺기로 약속했다.

✱ 이번 내 문장 쓰기는 더 재미있을 겁니다. 이야기를 만들 때 스토리 공식에 맞춰서 단순하게 쓰셔야 합니다. 예제를 드리지만 전혀 다른 이야기를 만드셔도 됩니다.

예제   도시, 여자, 사건

11
매력을 더하는 의외성

✽ 주어진 예문을 천천히 따라 쓰세요. 일상에서 찾은 또 다른 이야기로 무엇이 있을까요?

아이의 생일이었다. 퇴근하자마자 두 아이가 원하는 선물을 사러 나섰다. 얼마 못 가 두 아이가 다투는 소리가 들렸다. 피곤한 마음에 소리를 지르고 말았다. 선물을 못 사게 될까봐 하루 내내 기다렸던 둘째의 눈에 눈물이 고였다. 순간 아이의 눈에서 어릴 적 내가 보인다. 콧등이 저려왔다. 가만히 아이를 안아 주고 가게로 향했다.

　무난한 이야기는 주목을 끄는 게 쉽지 않습니다. 늘 반복되는 평범한 일상 이야기는 특히 그렇죠. 하지만 이런 이야기에도 의외성을 찾으면 매력적인 글이 됩니다. 평범한 것이 가장 위대한 것이라는 말이 있죠. 사실 가장 공감되고 오래 머무는 글은 잔잔하고 소박한 우리들 이야기가 아닐까요? 소소한 일상에도 반짝 하는 순간들은 늘 있기 마련입니다. 그런 순간이 일상의 의외성이죠.

　글은 어쨌든 무언가를 발견하고 전달하는 작업이라고 계속 말씀드리고 있는데요. 일상에서 생기는 의외의 순간들이 있기 마련입니다. 그 순간을 흘려보내지 말고 잡아채는 겁니다. 좋은 글은 그런 순간의 번쩍임에서 탄생합니다.

　첫 번째 예문처럼 아이는 늘 새로운 이야기를 만들어줍니다. 아이가 없다면 두 번째 예문처럼 외식을 하다 의외성을 발견할 수 있어요

　주의할 점은 일상의 이야기는 자칫하면 하소연을 하는 사랑방이 될 수도 있으니 조심해야 해요. 글은 넋두리가 아니니까요. 중요한 건 무엇을 말하는가 입니다. 일상에서 만난 의외성에서 가치 있는 무언가를 발견해야 합니다. 그것이 사랑이든 장인 정신이든 귀 기울여 볼 만하다면 말이에요.

오피스텔이 모여 있는 지역이라서인지 식당은 꽤 많았지만 지친 우리는 가장 먼저 눈에 띈 식당으로 들어갔다. 가게로 들어가니 오래된 실내 인테리어와 한산한 분위기에 맛이 기대가 되지 않았다. 하지만 내온 가락국수를 한입 먹고는 눈이 동그래졌다. 깊은 맛이 느껴지는 육수에 부드러운 면발까지 맛이 기가 막혔다. 역시 겉모습으로 판단할 일이 아니다. 진한 육수에서 장인 정신을 보았다. 가락국수 하나에도 누군가는 열정을 담아내고 있었다.

✽ 이번 내 문장 쓰기는 먼저 최근 일들을 가만히 떠올려 보세요. 일상에서 어떤 특별한 순간이 있었는지 찾아서 써 보세요.

_____

_____

_____

_____

_____

_____

_____

_____

_____

_____

_____

새로운 길을 나서는 건 두렵다
설레는 마음은 걱정이 기대보다 적어야 생긴다.

걱정이 더 앞서는 길을
굳이 왜 나서느냐고
스스로에게 물어본다.

답이 없다
세상에는 답을 할 수 없는 일들이 많다.

그럴 땐
그냥 묵묵히 가야 한다.

머무르면
답은 더 멀어지니까.

글쓰기 이야기

언제부터 글쓰기에 관심을 두셨나요? 저는 초등학교 6학년 때 교내 글짓기 상을 받았던 적이 있는데 그쯤부터였나 봐요. 전교생 앞에서 받았던 제 딴에는 나름 큰 상이었죠. 그날 이후로 글쓰기에 대해 호감이 높아졌습니다. 그렇다고 금방 글쓰기에 집중하지는 않았지만 글쓰기에 대한 자신감을 가지게 되었습니다.

아무튼 그때 제가 선생님께 책을 빌렸다가 깜빡하고 못 돌려드렸던 적이 있었습니다. 나중에 집에 가서야 그 책이 아직 집에 있다는 걸 알았죠. 선생님께 돌려드렸지만 마음 한 구석에 불편함이 남아 있었습니다. 선생님이 많이 찾으셨거든요.

그래서 제 딴에는 변명이자 선생님께 죄송한 마음에 솔직하게 썼던 글이었는데 그게 상을 받더라고요. 그래서 그때 조금은 알게 되었죠. 글쓰기는 내 생각이나 마음을 솔직하게 쓰는 게 좋은 거구나 하고요. 그런데 어른이 되고 나니 이리저리 재느라고 솔직한 글보다는 나를 내세우거나 감추는 글을 더 많이 썼습니다. 결국 여러 번의 시행착오 끝에 알게 되었습니다. 그때 글짓기가 상을 받은 이유를 말이에요. 진솔한 글은 사람들에게 다가섭니다. 그러니 두려워 말고 그냥 내 마음을 기분을 생각을 드러내 보세요. 글쓰기의 출발은 솔직함입니다. 이것만 지켜도 좋은 글이 나올 겁니다.

3장

정확한 글에
필요한 표현 감각

01
어휘가 반이다

✽ 주어진 예문을 천천히 따라 쓰세요. 괄호 안의 단어도 넣어서 써야 합니다.

시골 버스 안에서 영철은 (이리저리) 휘청거렸다. 동네 사람들이 마땅치 않게 쳐다봤지만 영철은 아무렇지도 않게 마치 춤을 추듯 (흐느적거렸다.) 거기에 무신경한 표정은 더 가관이었다.
"워째 저런대?"
임실 아지매가 내 옆구리를 툭치며 (입을 뗐다.)

글쓰기에서 단어는 아주 중요합니다. 단어는 문장을 구성하는 기본 단위이기 때문입니다. 글쓰기가 어려운 이유 중 하나는 부족한 어휘력 때문입니다. 다양한 어휘를 많이 알면 글쓰기가 쉬워지고 또 내용도 풍부해집니다. 어휘가 부족해서 같은 단어만 반복한다면 다양한 내용을 적절하게 전달하기 어렵겠죠.

아마 많은 분들이 글을 쓰려고 컴퓨터 앞에 앉았다가 적당한 단어가 안 떠올라 멍하니 있던 경험이 있으실 겁니다. 글을 쓰려면 지금 쓰고 있는 문장에 어떤 단어가 들어가야 할지 고심 끝에 선택해야 하죠. 이렇게 끙끙거리는 훈련을 해야 어휘력은 늘어납니다. 결국 연습만이 길이네요.

문장 안에서 적당한 단어를 찾아 넣는 일은 아주 중요합니다. 단어는 일반적인 표준어도 알고 있어야 하지만 사투리나 외래어를 알고 있으면 더 다양하게 표현할 수 있죠.

첫 번째 예문에 나오는 사투리 대사를 표현하려면 사투리에 대한 기본 어휘는 알아야겠죠? 이런 저런 어휘를 많이 알려면 다양한 읽을 거리를 통해 차곡차곡 쌓아 두어야 합니다. 그래서 글을 쓰려면 책을 먼저 읽는 게 필요하죠. 책은 좀 읽으시나요?

✱ 예문에서 괄호 안 단어가 빠지면 어떨까요? 마치 간이 덜 된 음식처럼 심심합니다. 적절한 어휘는 진한 맛을 냅니다.

(쎄가 빠지게) 일을 해 봐야 아무 소용이 없다고 봉구는 생각했다. 사장의 훌륭한 인품에 대한 그토록 많은 소문은 다 무엇인지 (당최) 알 수 없는 노릇이었다. 봉구가 소문의 정체를 의심을 하게 된 건 월급이 석 달이나 밀리면서였다. 자고로 사람은 겪어봐야 안다고 했다. 하나를 보면 열을 안다고 봉구가 들은 소문은 사장이 낸 게 틀림없어 보였다. 봉구는 입술을 (자근자근) 깨물었다. 미간에 깊은 주름이 봉구의 결단을 말해주고 있었다.

------------------------------ -------------

✱ 내 문장 쓰기에 주어진 예문을 보면 괄호가 비어져 있습니다. 괄호 안에 어떤 단어가 들어가야 감칠맛이 더해질까요? 많이 고민해 보시고 글을 완성해 보세요.

어떤 태도로 (   ) 가는 꽤 중요한 문제다. 사람간의 (   )라면 (   ) 해결책이 있겠지만 이건 동물을 다루는 것이다. 그것도 ( ) 굴러먹은 곰을 다룬다는 건 (   )을 감수하는 일이다. 경수는 손에 땀이 (   ) 배어나는 것을 느꼈다. 하지만 심장은 (   ) 차분했다. 곰이 경수를 쳐다보았다. 곰과 시선이 (   ) 순간 경수는 곰의 눈에서 (   ) 보았다. 경수는 등골이 (   ).

02
논리의 완성은 인과관계

✱ 주어진 예문을 천천히 따라 쓰세요. 논리적인 글은 설득력이 있어야 해요. 사랑에는 신뢰가 먼저라는 글에 동의하시나요?

남녀관계에서 신뢰는 가장 중요하다. 사랑이란 처음엔 아무리 넘쳐도 언젠가는 변하기 마련이다. 설령 그렇지 않더라도 신뢰가 무너지면 사랑도 흔들린다. 왜냐하면 사랑은 신뢰에서 시작되기 때문이다. 그렇기에 신뢰가 무너진 남녀관계가 오래 유지되는 것을 본 적이 없다. 그러므로 남녀관계에 가장 중요한 것은 사랑이 아니라 믿음이다.

글쓰기의 기본 목적은 전달입니다. 그렇기 때문에 글의 힘은 전달력에 달려 있습니다. 인과관계가 정확하면 전달력이 좋습니다. 논설이나 사설뿐 아니라 소설에서도 인과관계는 중요합니다. 주인공의 행동에는 이유와 그에 따른 이유가 있어야 하거든요. 글쓰기에서 논리가 얼마나 중요한지 아시겠죠?

논리적인 글은 정확성을 요구하죠. 그래서 인과관계가 더 중요하고요. 인과관계가 분명한 글은 논리가 유지되고 설득력이 높아져요. 여기서 중요한 건 인과관계를 만드는 방법입니다. 인과관계란 앞뒤가 맞아야 한다는 겁니다. 앞뒤가 맞으려면 무엇이 가장 중요할까요? 어떤 내용을 앞에서 말했다면 뒤에서도 연결돼야 합니다. 예를 들어 앞에선 빨갛다고 했는데 뒤에서 파랗다고 하면 앞뒤가 안 맞게 되죠.

첫 번째 예문은 남녀관계에 대해 신뢰로 글을 시작했습니다. 당연히 뒤에도 신뢰에 대한 이야기를 이어나가야 하는 거죠. 타당한 근거도 내세우면서 말입니다.

이런 논리적인 글에서 주의할 점은 다루는 내용에 대한 관련 지식이 어느 정도 있어야 합니다. 그래야 정확한 근거를 제시해 글의 논리성이 높아지면 신뢰가 따라오니까요. 설득은 믿음에서 시작됩니다.

노사관계에서 가장 기본이 되는 것은 무엇일까? 바로 원칙이다. 어떠한 변수에도 쉽게 흔들리지 않는 확고한 원칙은 신뢰를 두텁게 하는데 매우 중요하다. 노사도 관계의 일종이다. 어떤 관계도 지켜야 할 원칙을 깨지 않아야 오래 상생할 수 있다. 그래서 원칙을 만들 때 서로 소통하면서 진행해야 한다. 어느 한쪽에만 치우친 원칙이라면 쉽게 무너지기 마련이다. 서로의 이익에 부합해야 한다. 오랫동안 지켜낸 좋은 원칙은 임금 협상에 좋은 밑거름이 된다.

✱ 내 문장 쓰기에 주어진 예제는 논란거리가 예상되는 논제입니다. 주장에는 근거가 있어야 설득력이 생기죠. 어떤 근거를 가져올지 생각해 보고 글을 써 보세요.

　　논제　"미래 인류의 생명은 200세까지 연장될 수 있을까?"

03
정확한 서술어 선택

✱ 애매한 서술어는 문장을 약하게 만듭니다. 천천히 따라 쓰세요.

　~ 일(한) 것 같다.

　학생들 표정이 피곤한 것 같다.

-> 학생들 표정이 피곤해 보인다.

　~일 수 있다.

　한 나라의 경제 상황은 국제간 관계의 영향일 수도 있다.

-> 한 나라의 경제 상황은 국제관계가 영향을 준다.

　~일 것이다.

　그가 고향에 내려 온 건 영희에 대한 복수일 것이다.

-> 그가 고향에 내려 온 건 아마 영희에 대한 복수일 거다.

　문장 내용이 잘 전달되려면 서술어가 정확해야 합니다. 서술어가 정확하면 문장이 잘 이해되거든요.

예문에 나오는 서술어는 대부분 자기도 모르게 쓰는 경우가 많습니다. 바로 습관이 되어서 그런데요. 거기에 우리에게 겸양 문화가 있어서 강하게 주장하기보다는 그럴 수도 있다고 양보하는 표현이 굳어진 게 아닐까 싶어요. 물론 나쁜 건 아니지만 요즘은 빙빙 돌리는 듯 한 표현보다는 명확하게 해야 좋아합니다. 특히, '~인 것 같다'를 자주 쓰면 의도가 확실하게 읽히지 않으니 더 답답하죠.

　주의할 점은 영어에 'may be' 가 있듯이 추측하는 경우가 필요합니다. 예를 들어 '아마 ~일 것이다' 라고 쓸 경우가 있죠. 그럴 때는 앞에 '아마'라는 단어를 써서 뒤에 이어질 서술어와 맞추어야 합니다. 이런 점에 신경을 써서 정확한 서술어를 사용하면 꽤 깔끔하고 스마트한 글이 됩니다. 애매하게 말하는 것보다 정확하게 말하면 더 스마트해 보이죠?

주어진 예문에 나오는 서술어는 이미 습관이 된 경우가 많으니 신경 써서 연습해 보세요. 특히, 내 문장 쓰기에 주어진 예문은 꼭 해 보시기 바랍니다. 어떤 서술어를 찾으셨나요?

✱ 예문을 따라 쓰면서 어떤 서술어로 바뀌었는지를 기억하면서 써야 합니다. 단순히 서술어를 바꾸는 게 아닌 문장을 자연스럽게 만드는 것이 더 중요해요.

~ 수도 있다.

북한은 고위급 회담을 고의로 지연시킬 수도 있다.

-> 북한이 고위급 회담을 고의로 지연시킬 가능성이 있다.

~라고 생각한다.

아이들이 버릇이 없어지고 지도교사에게 대드는 일이 생기는 이유
중의 하나는 가정교육이라고 생각한다.

-> 아이들이 버릇이 없어지고 교사에게 대드는 일이 생기는 이유
중 하나는 가정교육 문제이다.

~인 것이다.

우리나라의 해수면이 높아진 것은 이상기온으로 인한 것이다.

-> 우리나라 해수면이 높아진 이유는 이상기온 때문이다.

✽ 내 문장 쓰기에 주어진 예문의 서술어를 바꾸어 보세요. 필요하다면 문장을 다르게 바꾸어도 됩니다.

통영의 밤은 화려했다. 생각지도 못했던 야경이 나를 반기는 것 같았다. 같은 바닷가지만 동해와 남해는 느낌이 다르다고 생각했다. 남해 바다는 보는 재미가 있는 것 같다. 바다 안에 작은 섬들은 마치 장식을 해 놓은 것처럼 앙증맞았다. 신이 있다면 신이 고심해서 만든 작품일 것이다. 통영 동피랑에서 바라보는 바다는 정말 최고라고 생각한다. 멋진 바다와 언덕길이 어우러진 동피랑에서 보는 풍경은 잊지 못할 추억이 될 것 같다.

04
보이는 대로 묘사하기

✽ 주어진 예문을 꼼꼼하게 따라 쓰세요. 쓰다 보면 마치 그림처럼 책상이 머릿속에 그려질 겁니다.

나뭇결이 살아있는 연베이지색 책상 위에는 꽤 두꺼운 유리가 깔려 있다. 유리 위에는 고무 재질로 된 초록색 커팅 보드가 놓여있다. 책상에는 컴퓨터 모니터가 화면이 켜진 채 깜박이고 있다. 모니터 화면 가장자리에는 노란 포스트잇이 줄지어 붙어 있다. 심 부분이 뭉툭하게 깎인 빨간색 색연필이 작은 노트 위에 올려져 있다.

　생각이나 감정을 표현하는 글보다 마치 정물화를 그리듯 눈앞에 보이는 그대로 쓰는 글이 써 보면 생각보다 어렵습니다. 왜 그럴까요? 사물을 보이는 그대로 쓰려고 하면 사물 이름조차 잘 모르는 경우가 많거든요. 이런 훈련을 하다보면 사물의 이름을 잘 알게 되고 기본 문장을 만드는 훈련으로 아주 좋습니다. 무엇보다 보이는 대로 서술하다 보니 감정이나 생각에 치우친 글에서 벗어나 담백한 글을 쓰게 됩니다. 김훈 작가의 글을 생각하시면 조금 비슷할까요?

　김훈 작가의 글은 감정과 정서가 배제된 문장이 많습니다. 김훈 작가는 자신의 문체를 거칠다고 하면서 그런 글을 사람들이 왜 좋아하는지 이상하다고 말하죠. 그러게요. 사람들은 왜 무미건조한 그의 글을 좋아할까요? 세상은 많은 감정과 주장들이 존재합니다. 때론 어떤 주관이나 감정이 배제된 무위의 풍경을 보고 싶은 것과 비슷하지 않을까 싶네요.

　주어진 예문을 따라 쓰면서 장소를 떠올려보세요. 보이는 그대로이니 장면을 떠올리기 쉬우실 겁니다. 내 문장 쓰기에서는 지금 있는 장소를 설명해 보는 건데요. 대충 하지 마시고 사물 하나하나 상태나 모양 등등 빠짐없이 묘사해 보세요. 특별한 시간이 될 겁니다.

아이가 현장 체험 학습을 가서 만든 청자색 도자기 연필꽂이에 가위와 노란 연필이 커터 칼과 함께 꽂혀 있었다. 옆으로 누군가 주었을 법한 커피맛 사탕이 무심하게 놓여 있다. 책상 가장 자리에는 아직 포장을 뜯지 않은 황색의 배달상자가 놓여있었다. 오늘은 아침을 먹다가 그가 놓고 간 장미꽃 문양의 손잡이가 달린 포크를 무심코 집어 들었다.

'그는 어쩌자고 곳곳에 자기를 남겨두고 가버린 걸까?'

벽에 걸린 시계의 초침이 소리 없이 돌아가고 있다.

✱ 이번 내 문장 쓰기는 감정이나 생각을 배제하고 보이는 대로만 쓰는 겁니다. 지금 방 안이든 사무실이든 보이는 그대로 묘사해 보세요. 무엇이 놓여 있고 어떻게 보이나요?

05
개념어 공략하기

✱ 주어진 예문을 따라 쓰면서 어떤 개념어가 들어 있는지 찾아보세
요. 일상에서 쓰는 일상어 외에도 알아야 할 시사용어는 많답니다.

미얀마 수지 여사는 정권을 잡은 뒤 사람들의 기대와는 다른 길을
가고 있다. 정치 심리학자들은 그녀가 확증편향에 빠져 있다고 말한
다. 이런 태도는 주로 광신적인 종교인들에게서 많이 보인다는 점에
서 많은 이들의 우려를 사고 있다. 확증편향에 빠지면 자신이 보고
싶은 것만 보고, 듣고 싶은 것만 듣게 되는 오류를 범하게 된다.

　글을 읽다가 시사용어나 사회 용어를 접하고 뜻을 몰라 이해가 안 된 적이 있을 겁니다. 이런 상황이 글을 읽는 입장이라면 상관없지만 내가 당장 글을 써야 한다면 좀 다르죠. 모든 문장을 쉽게 풀어서 쓰는 것도 한계가 있거든요. 특정한 사회문화 현상에 대한 글인 경우 정확한 개념어를 적절히 쓰면 의미 전달에 효과적이죠.

　평소 개념어 공부를 해 두면 글쓰기에 큰 도움이 됩니다. 글쓰기의 기본 목적 중 하나는 지식과 정보의 전달입니다. 일상적인 어휘만을 사용하여도 충분히 글을 쓸 수 있지만 개념어를 사용하면 더 스마트한 글이 됩니다. 고급 어휘라 불리는 한자어나 외래어뿐만 아니라 문화 용어나 시사용어를 틈틈이 알아 두면 글쓰기의 폭이 더 넓어지겠죠?

　첫 번째 예문은 확증편향이 개념어입니다. 최근 미얀마의 수지 여사에 대한 국제적인 여론이기도 하죠. 개념어는 시류에 따라 자주 쓰이는 단어들이 생겨나니 시사에도 관심을 두어야 합니다. 글을 쓰려면 알아야 할 게 많죠? 두 번째 예문의 '문화지체'나 '언케니밸리'는 요즘 인공지능 관련하여 보편화된 용어죠. 시사용어는 최근의 상황을 많이 반영하니 잘 알아 두면 도움이 될 겁니다.

인공 지능의 발달은 자율 주행 자동차의 대중화를 가져 올 게 분명하다. 그와 더불어 문화지체 현상에 대한 우려도 있는 게 사실이다. 기술이 발달하는 속도를 따라가지 못하는 사람이 많아질 확률은 크다. 게다가 인간은 아직 언케니 밸리에서 벗어나지 못하고 있다. 여전히 인간에 가까운 기술을 받아들이지 못하고 있다. 아직 준비되지 않은 상태에서 기술만 앞서 간다면 사회적 . 문화적 부작용들이 생겨날 게 뻔하다. 이제 미래 상황에 대한 충분한 교육이나 준비가 필요한 시점이다.

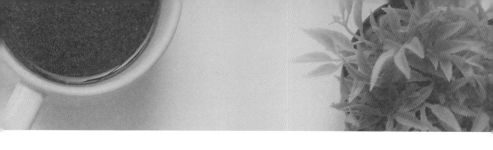

✱ 내 문장 쓰기에서는 최근 이슈를 다루어 볼까 합니다. 북한을 둘러싼 국제 관계를 두고 글을 쓴다면 어떤 개념어들을 써야 할까요? 먼저 관련 개념어들을 찾아보고 글을 써 보세요.

_____

_____

_____

_____

_____

_____

_____

_____

_____

_____

06
대사 표현의 힘

✽ 예문을 천천히 따라 쓰면서 대사 감각을 익혀 보세요. 잘 쓴 대
사 한 줄이 많은 걸 표현하기도 해요.

너무 오랜만에 와서 그런지 집을 찾을 수가 없었다. 복잡한 골목을
헤매고 다니다 겨우 집을 찾아냈다. 조심스럽게 대문 앞을 살피고
있는데 지나가던 노인이 대뜸 고함을 질렀다.
"야! 이눔아! 왜 자꾸 남의 집을 기웃거리는 거여?"
"아...., 네.. 김복동 어르신 댁을 찾고 있는데요."

_____

_____

_____

_____

_____

글에서 대화를 넣으면 글이 재미있어지고 생동감이 생깁니다. 대화를 넣을 때는 일상에서 우리가 쓰는 말처럼 표현하는 게 중요합니다. 그래야 친근함이 느껴져서 읽을 때 재미있으니까요. 게다가 대사가 있으면 전달력도 좋습니다. 대화는 빨리 이해가 되거든요.

구어체로만 된 글은 일상처럼 편안합니다. 그래서인지 강연을 그대로 옮긴 책들도 인기가 높죠. 글을 쓴 사람과 거리가 가깝게 느껴지기 때문인데요.

주의할 점은 대사를 쓸 때 사투리나 맞춤법에 어긋나더라도 그냥 쓰는 게 좋습니다. 우리가 말을 할 때 모두 표준어만 쓰는 건 아니니까요. 맞춤법은 틀려도 리얼리티는 살아납니다.

첫 번째 예문에서도 어르신의 서술어미는 사투리입니다. 말하는 사람의 개성이 담기도록 쓰는 게 중요합니다. 두 번째 예문의 대화는 너무 익숙하네요. 언젠가 친구와 나누던 대화랑 겹치는 듯하죠?

글의 내용이 일상과 관련이 있다면 대사를 적극적으로 활용해 보세요. 쓰는 재미도 생기고 편한 글이 됩니다.

내 문장 쓰기에서 친구들의 말하는 습관을 떠올려서 써 보세요. 아마 즐거운 시간이 될 겁니다.

"그렇게 당하고도 아직 정신을 못 차린 거야?"

친구가 쏟아 내는 말을 듣고 나서야 정신이 드는 듯했다.

"알았으니까 그만해! 알면서도 안 되는 기분이 얼마나 비참한지 네가 알아?"

내 말에 친구의 눈꼬리가 올라갔다.

"너 지난번에도 똑같이 말했어. 나한테"

친구의 한방에 움찔했지만 이대로 물러설 수는 없었다.

"내가? 뭘?"

✱ 내 문장 쓰기는 대화를 많이 써서 글을 완성해 보세요. 주어진 상
황은 오랜 만에 동창회에 갔습니다. 친구를 만나 벌어지는 상황을
만들고 그들과 나누는 이야기를 대사로 표현하세요.

07
구체적으로 표현하세요

✽ 아래 예문을 따라 쓰세요. 구체적으로 쓰니 위 예문보다 분량이 더 늘어나네요. 충분히 설명을 해야 전달력이 좋아요.

그는 넘어졌다. 걸어오던 사람과 부딪쳤다. 스마트폰 때문이었다. 약속 장소를 지나쳐 버렸다.

-〉길을 걷던 경수는 넘어졌다. 앞으로 고꾸라졌다. 그러면서 마주 걸어오던 사람과 그대로 부딪쳤다. 스마트폰을 보면서 걸으면서 앞을 보지 못했기 때문이었다. 이마에 커다란 혹이 생기고 무릎은 까졌다. 아픈 거보다 넘어진 게 더 창피했다.

글쓰기는 친절해야 합니다. 시와 같은 운문이 아닌 산문은 구체적으로 설명해 주어야 읽는 사람이 빨리 이해합니다. 산문은 글 사이에 여백이 없거든요. 그러니 어떤 상황이나 감정을 표현할 때 구체적으로 표현하는 게 좋습니다. 구체적으로 표현해야 말하려는 의도가 충분히 전달되거든요.

첫 번째 예문에 나온 문장들은 지나치게 간결합니다. 전후 사정이 전혀 이해가 안 되죠. 불친절하게 느껴지기도 하네요. 시가 아닌 이상 지나치게 단순한 문장은 내용 전달에 좋지 않습니다.

시는 말하자면 공간을 비우는 일입니다. 그래서 충분히 설명하지 않아도 됩니다. 하지만 산문은 구체적으로 설명하며 이끌어 가야 합니다. 처음에 헐렁하더라도 뒤에는 그 이유를 충분히 설명해야 이해가 되죠.

두 번째 예문은 장면이 전혀 머릿속에 그려지지 않습니다. 마치 건너기 어렵게 띄엄띄엄 놓인 돌다리 같죠. 다리를 잘 건너려면 빈틈이 없도록 돌을 놓으면서 가야 해요.

그게 글의 흐름입니다. 내 문장 쓰기에서 주어진 예문은 연결이 잘 되지 않을 정도입니다. 중간에 다리를 잘 놓아서 멋진 글로 만드세요.

돌다리가 보였다. 사람들이 많이 걷고 있었다. 물이 좀 더러워보였다. 흐르는 물인데 이상했다. 아이들의 소리가 좀 시끄러웠다. 돌아가는 길이 많이 막혔다.

-> 투박한 돌로 만든 돌다리는 간격을 촘촘하게 놓아서 안정적이었다. 그래서인지 정말 많은 사람들이 돌다리를 걷고 있었다. 돌다리 밑으로 냇물이 힘차게 흘렀다. 흐르는 물인데도 부유물들이 여기저기 고여 있어서 보기 안 좋았다. 다행히 냄새는 나지 않았지만 아이들이 많아 시끄러웠다. 일방도로라 돌아가는 길이 많이 막혔다.

✽ 내 문장 쓰기에 주어진 예문은 너무 간결합니다. 빈틈이 많은 글을 잘 연결하여 좋은 글로 만들어 보세요.

꽃집이 보였다. 식당에 가니 사람들이 많았다. 음식이 너무 늦게 나와서 오래 기다렸다. 빨리 먹고 나오자 비가 내렸다. 지하철을 타고 왔다. 지하철에 사람이 많았다. 집에 오니 아무도 없다. 베란다에 있던 화분이 말라있다. 물을 주었다. 살아날지 모르겠다.

08
글감을 주제와 연결하기

✱ 글쓰기에서 글감을 찾는 게 참 중요해요. 아래 예문이 어떤 글감을 어떻게 연결하였는지 파악하면서 따라 쓰셔야 합니다.

저녁을 준비하려다가 나도 모르게 말이 나왔다.
"휴우~ 오늘 저녁은 또 뭘 하지?"
순간 돌아가신 엄마가 늘 하던 말을 나도 하고 있구나 싶었다. 엄마가 그러실 때 정말 이해가 안 되었는데 주부 22년차가 되고 보니 일상의 고단함이 무엇인지 이제야 알게 되었다.

글쓰기에서 주제는 사실 몇 가지 안 됩니다. 크게 보면 사랑, 인생, 가족, 평화, 등등이죠. 반면 글감은 무궁무진합니다. 주변에 보이는 모든 것이 글감이거든요. 중요한 건 글감을 찾아내면 그 글감을 확장시켜야 합니다. 글감을 확장시키지 않으면 그냥 기록하는 글이 되고 말죠. 글감을 주제와 연결시켜야 무엇을 말하려는 의도인지 확실해지거든요.

조금 더 진지해지면 우리는 왜 글을 쓸까요? 무언가를 표현하기 위해서인데 그 무언가는 무엇일까요? 단순한 감정이나 상황을 이야기하고 말면 그건 그냥 시끌벅적한 수다와 다를 게 없죠.

그 '무언가'가 어쨌든 주제가 되어야 합니다. 인생의 비애든 즐거움이든 가족의 소중함이든 각자 살아가는 인생에 대한 나름의 견해가 있어야 합니다. 글을 쓴다는 건 그냥 글자를 만드는 작업은 아니니까요. 그래서 사색하고 글감을 숙성시켜야 합니다.

첫 번째 예문은 일상에서 여자의 삶을 끌어냅니다. 별거 아닌 글감을 주제와 연결하는 게 글쓰기의 기술이죠.

두 번째 예문도 별거 아닌 포장기술에서 현대 산업의 단면을 잡아냈고요. 이러니 작은 풀꽃도 그냥 지나치기 어렵겠죠?

눈여겨 봐두었던 동네 꽃집에서 작은 화분 하나를 샀다. 이름을 물어
보니 칼란디바라고 했다. 작은 분홍 꽃잎이 앙증맞았다. 꽃집 주인은
신문 프린트 포장지에 꽃을 싸 주었다. 거기에 더해 꽃과 같은 색깔
인 얇은 분홍 가죽 끈을 매어서 주었다. 창가에 놓고 보니 분홍 가죽
끈 하나가 작은 화분을 얼마나 멋지게 만드는지 알게 된다. 작은 차
이가 품질을 업그레이드 시킨다더니, 꽃집 주인의 센스를 보고 나서
야 왜 그 꽃집이 잘 되는지 알게 되었다.

✽ 이번 내 문장 쓰기는 여러분이 처음부터 만드는 글입니다. 상황은 주어지지 않습니다. 어떤 글감으로 어떻게 주제로 연결할지 충분히 고민해 보시고 글을 완성해 보세요.

_____

_____

_____

_____

_____

_____

_____

_____

_____

_____

해 보고 싶은 일들을
하나씩 적어 내려가다 느낀 건

하고 싶은 일이 생각보다
너무 많다는 거였다.

하고 싶은 것만 하려고 해도
부족한 세상

그러니 그냥 하고 싶은 거 하고
사는 게 답이다.

photo @pic_hyeon._.sol

글쓰기 이야기

책을 좋아하는 사람들은 대체로 글을 잘 쓴다는 말 들어본 적 있으시죠? 저는 일리가 있다고 생각해요. 사람은 좋아하는 것을 더 하게 되어 있으니까요. 저도 책을 좋아하면서부터 글쓰기도 좋아졌거든요.

중학교 시절 평준화가 되기 전까지 지역 명문이었던 학교를 다니게 되었습니다. 학교 도서관 앞에는 큰 등나무와 벤치가 있었는데요. 점심 시간이면 선배들이 모여 앉아 책을 읽곤 했습니다. 어느 날 우연히 저와 친구가 그 자리에 함께 있게 되었는데요. 우리는 그냥 산책을 하다가 벤치에 앉은 거였지만 그날따라 포근한 바람이 살살 부는 화창하고 포근한 날이었습니다.

벤치에는 이미 여러 선배들이 앉아서 책을 읽고 있었습니다. 그때 한 선배의 하얀 손가락으로 페이지를 넘기는 모습이 어찌나 지적이고 매력적으로 보이던지요. 그 순간의 이미지가 강한 여운으로 저를 사로 잡았습니다. 당연히 저도 그렇게 따라해 보고 싶어졌고 가끔 책을 들고 벤치로 갔던 기억이 있습니다.

지금 생각해도 기분 좋아지는 아련한 추억입니다. 그때 그런 시간이 없었다면 제가 책 읽는 모습을 좋아하게 되었을까 궁금해지기도 합니다. 무언가를 좋아하는 데는 작든 크든 동기가 있어요. 여러분은 무엇 때문에 글쓰기가 좋아졌나요?

4장

깊이 있는 글에
필요한 생각 꺼내기

01
사물의 다른 면을 보여주세요

✱ 주어진 예문은 쓰레기통에 관한 겁니다. 쓰레기통이 가진 다른 면이 있었네요. 이왕이면 좋은 면을 보여주려고 했습니다.

나는 쓰레기통이다. 오늘도 아이들이 온갖 쓰레기를 나한테 처넣었다. 특히, 봉구 녀석이 돌멩이로 골인 연습을 할 때는 진짜 아팠다. 그래도 나로 인해 세상의 더러움이 사라지고 있다. 이것이 내가 악취를 견디는 이유다. 이런 내 생각을 흔드는 것이 봉구의 행동이다. 안에 침을 뱉는 건 예사고 발로 차서 넘어뜨리며 좋아라 할 때면 내 신념은 흔들린다.

글을 쓴다는 건 다른 걸 보여주는 겁니다. 그럼 먼저 사물의 다른 면을 봐야 합니다. 다르게 말하면 사물의 다른 쓰임을 찾아내는 건데요. 쓰레기에 불과했던 연탄재를 뜨거움으로 보았던 안도현님의 시는 많은 사람들에게 감동을 주었습니다. 이런 게 사물의 다른 면을 보는 시각인거죠. 이런 생각을 만들어 낼 수 있다면 좋은 글을 쓰는 게 어렵지 않을 겁니다.

그게 그렇게 쉽냐고요? 맞아요. 사실 진짜 어려운 일이죠. 그래도 자꾸 이런 태도를 의식하다 보면 더 나아지기는 하거든요. 그러니 지금부터라도 다른 면을 보기 위한 의도적인 노력이 필요합니다. 글쓰기는 저절로 좋아지지 않습니다. 좋은 글도 저절로 나오지 않고요. 글 쓰는 눈을 뜨고 살아야 합니다. 카멜리온처럼 세상과 사물을 다각도로 보는 훈련이 필요합니다.

예제에 나온 쓰레기통과 칼에 대해 다른 면을 찾아보는 건 좋은 훈련입니다. 칼의 역할로 이야기를 시작하다 자연스럽게 인사관리로 연결하였네요. 생각이 다양해야 좋은 글이 나옵니다. 세상 어느 존재도 한쪽 면으로만 살아가지 않죠. 이제 내 문장쓰기에 주어진 화장지의 다른 면은 무엇일지 고민해야 할 시간이네요.

의사의 칼은 사람을 살리고 요리사의 칼은 사람을 먹인다. 칼자루를 누가 쥐느냐에 따라 칼의 역할이 달라진다. 사람을 쓰는 일도 마찬가지여서 어디에서 일을 하느냐에 따라 역할이 정해진다. 인사가 만사라는 말이 있다. 좋은 직원이 되느냐 아니냐는 어느 부서에서 일을 하느냐에 따라 결정된다. 자신의 적성이나 역량에 맞는 부서에서 일을 하는 직원은 퇴사율은 낮고 업무 만족도는 높다. 이런 조사 결과를 토대로 인사담당자들의 직원 평가 방법은 달라져야 한다.

✽ 내 문장 쓰기에 주어진 예제는 화장지입니다. 예제가 어렵거나 다른 예제가 떠올랐다면 그걸로 바꾸셔도 됩니다. 아무튼 화장지는 어떤 생각을 하며 살아가고 있을까요?

02
사람을 관찰하세요

✱ 예문에서 여자의 예민한 표정 변화에 신경을 쓰면서 따라 쓰세요.
여자에게서 어떤 느낌이 전해지나요?

여자의 눈썹이 순간 꿈틀거렸다. 이내 살짝 일그러진 표정은 이제껏
보여준 상냥함과는 전혀 다르게 느껴졌다. 나영은 잠시 당황했으나
여자의 표정이 이전으로 돌아간 것을 보고 얼른 하던 이야기를 마무
리 지으려고 입을 뗐다. 여자는 나영의 말을 듣는 중간 중간 입 꼬리
를 살짝 비틀며 웃었다.

글을 잘 쓰려면 주변을 잘 관찰해야 합니다. 한마디로 늘 관찰자 모드로 살아야 하죠. 주위의 풍경을 그냥 스쳐가지 말고 잘 살펴보는 습관은 글쓰기에 큰 도움이 됩니다. 주변을 관찰하는 일은 생각보다 쉽지 않습니다. 우리는 대부분 풍경을 그냥 스쳐 지나가죠. 알아야 할 건 많은 작가들이 관찰하는 습관을 가지고 있다는 겁니다. 특히, 사람에 대한 관찰은 중요하죠. 글쓰기의 대부분은 사람과 사람 사이의 일에 관한 거니까요. 사람의 표정 변화나 외모에 대한 글은 사람의 내면 심리나 성격을 표현하는 데 탁월합니다. 평소에 사람을 잘 살피는 훈련을 하고 글로 써 본다면 글쓰기에 많은 도움이 될 겁니다.

첫 번째 예문에서 여자의 표정을 설명한 것만으로도 지금 둘이 어떤 이야기를 나누고 있는지 대충 감이 옵니다. 기분 좋은 상황은 아니죠.

두 번째 예문에는 남자의 옷차림에 대한 내용만 있지만 세련됨이라는 단어 하나로 남자를 표현하는 것보다 훨씬 더 많은 것을 떠오르게 합니다. 상상을 자극하기도 하죠.

우리는 하루에도 많은 사람들을 스쳐 지나고 또 만납니다. 관찰할 대상은 무궁무진하죠. 오늘 만난 사람들 중에 누가 기억에 남았나요? 그 사람에게 어떤 표현이 어울릴지 한번 생각해보세요.

✱ 예문에 등장하는 남자가 그려지나요? 사람을 이렇게도 표현할 수 있다는 걸 생각하면서 천천히 따라 쓰세요.

남자는 브라운 계열의 슬림한 핏의 면 재킷을 입고 있었다. 깔끔하게 정리된 머리는 은발에 가까웠다. 맞춰 입은 진바지는 활동적인 이미지를 더해주고 있었다. 바지 아래로 보이는 재킷과 비슷한 계열의 브라운 스니커즈가 자유로워 보였다. 언뜻 나이를 가늠하기 어려웠지만 중년을 넘어선 느낌은 확실했다. 소매 끝에 살짝 보이는 갈색 가죽의 시계 줄이 부드러운 앞모습을 연상하게 했다. 강을 바라보던 그의 얼굴이 옆으로 움직이며 옆모습이 보였다.

-----╱--

✽ 내 문장 쓰기입니다. 지금 여러분 앞이나 옆에 있는 사람을 관찰해서 표현해 보세요.

　어떤 옷을 입고 어떤 헤어스타일을 하고 있나요?

　그 사람에게서 어떤 사람이 연상되나요?

03
미술관 좋아하세요?

✽ 주어진 예문은 영천 시안 미술관에서 그림을 보고 느낀 감상입니다. 그림이 어떻게 전달되는지를 살피면서 따라 쓰세요.

검은 바다 앞에 남자의 백발이 빛나고 있다. 바람에 흐트러지는 머릿결은 어두운 바다와 대조적이었다. 머리위로 피어나는 한 줄기 담배 연기는 무엇을 말하는 걸까? 뒷모습의 남자는 담배 연기로 관객에게 말을 건다. 관객은 무슨 대답을 내 놓을지 고민하며 한참을 그림 앞에 서 있게 된다. 한 남자가 그림 앞에서 한참을 머문다.

　미술관에 가는 것 좋아하시나요?

글을 쓰는 이야기를 하는데 왜 미술관에 가라고 하는 건지 이상하시죠? 글쓰기도 문화입니다. 창작이라는 면에서 모두 연결되어 있죠.

　글쓰기도 무언가를 그려내는 작업이거든요. '그 무언가를 만드는 일'이 어쩌면 글쓰기보다 더 중요한지도 모르겠네요. 우리 모두 어떤 의미를 찾고 있으니 말이에요.

　생각을 만드는 일에서 가장 효과적인 건 미술관이나 공연 전시를 보는 겁니다. 그림은 누군가의 상상력을 보러가는 것인 동시에 나의 상상력도 키워주거든요. 그런 이유로 미술관이나 전시는 생각을 키우고 만들어내기에 효과적입니다.

　다양한 문화적인 자극은 글쓰기의 자양분이 됩니다. 글쓰기는 집안에서 천장만 보고 만들어 내는 건 아니에요. 글을 쓰는 시간만 혼자 있으면 됩니다.

　첫 번째 예문에 나오는 그림은 어떤 그림일지 머릿속에 그려지나요? 그림 속의 남자가 이미지로 떠오르시나요? 아주 가끔이라도 미술관에 가 보세요. 미술관만을 말하는 건 아니에요. 공연도 좋고 전시도 좋습니다. 생각을 만드는 훈련을 하기에 좋은 장소입니다.

동대문 플라자는 넓었다. 마치 서울 도심에 우주선이 내려앉은 외관부터 독특했다. 간송 문화전은 낮 시간에도 사람이 많았다. 작품을 직접 보니 당혹스러웠다. 그동안 교과서나 매체를 통해 보던 사진들과 엄청난 차이가 있었다. 정선의 서과투서와 단원의 황묘농접도는 충격적일만큼 아름다웠다. 섬세하게 살아있는 묘사에 가슴이 계속 두근거릴 정도였다. 특히 정선의 서과투서는 감동 자체였다. 마치 살아있는 쥐를 보는 듯한 붓 터치는 아무리 봐도 지루하지 않았다.

✽ 글쓰기는 다양한 경험과 생각을 나누는 일입니다. 내 문장 쓰기에
서 그동안 다녀왔던 전시나 공연을 보고 느낀 생각이나 기억나는 상
황을 써 보세요.

04
상상력을 발휘하세요

❋ 주어진 예문을 따라 쓰면서 뱀을 어떻게 표현하는지를 생각해 보
세요. 여러분이라면 어떤 뱀을 만들어 내고 싶으세요?

사람들은 그의 말을 믿지 않았다. 하긴 누가 뱀과 말을 나눴다는 말
을 믿을까? 그는 이번 일로 세상에 존재하는 초현실적인 현상은 경
험해 봐야 알게 된다는 걸 확실히 알았다. 뱀이 그의 표정을 보고 입
을 뻐끔거리며 말했다.
"이봐, 내가 부탁한 일은 어떻게 되었어?"

　글을 재미있게 만드는 건 사실보다는 약간 과장되거나 현실에서 조금 벗어난 것들입니다. 그런 이유로 글쓰기에 상상력은 좋은 친구이죠. 글쓰기는 있는 그대로 사실만을 쓰는 건 아니니까요. 팩트에 근거한 글은 뉴스 기사이고 소설은 작가가 만들어낸 상상력에 의한 이야기입니다. 여러분이 기자가 아니라면 상상력 훈련은 글쓰기에 꼭 필요합니다.

　상상력이란 새로운 것을 창작해 내는 능력입니다. 새로운 것이라 하니 너무 어렵나요? 그렇지 않습니다. 우리가 일상적인 글을 쓸 때도 상상력은 필요합니다. 나의 경험을 있는 그대로 복사하는 것이 글쓰기가 아니기 때문입니다. 그야말로 양념도 필요하고 나름의 구성도 있어야 재미있고 좋은 글이 되니까요. 그러니 글을 쓸 때 상상력이라는 양념을 더하면 색다르고 인상적인 글이 된답니다.

　첫 번째 예문에 나오는 뱀은 무슨 부탁을 한 걸까요? 저는 무척 궁금한데요. 여러분은 어떠신가요?

　두 번째 예문의 지하철은 도대체 정체가 무엇일까요? 앞으로 경수에게 무슨 일이 벌어질까요? 상상의 날개를 활짝 펴고 글쓰기의 세계로 들어오세요!

3호선 기차가 뱀처럼 구불구불 기어왔다. 마치 혀를 날름거리듯 출입문으로 사람들이 들어갔다. 사람들은 지하철 안에서 자신들이 소화되고 있다는 사실을 모르는 게 틀림없다. 경수는 눈을 껌뻑거리다 재빨리 입구를 벌리고 안으로 들어갔다. 안으로 들어간 경수는 벌린 입을 다물지 못했다. 지하철 안에는 차마 상상도 못한 광경이 벌어지고 있었다. 출입문이 닫히자 천장에서 스프링쿨러처럼 끈적끈적한 액체가 쏟아져 내리기 시작했다. 액체가 경수의 몸에 닿자 피부가 부풀어 오르기 시작했다.

✽ 이번 내 문장 쓰기는 재미있을 겁니다. 지금 여러분은 사람이 아닙니다. 괴물이 되어도 좋고 식물이 되어도 좋습니다. 첫 번째 예문을 참고해서 재미있는 이야기를 써 보세요.

05
평범한 일상의 특별함

✱ 주어진 예문을 따라 쓰면서 흔한 일상에서 어떤 생각을 끌어냈는지를 보면서 천천히 따라 쓰세요.

아침부터 하늘만 바라보았다. 마음이 들뜨고 일이 손에 잡히지 않았다. 작은 소리에도 현관으로 저절로 시선이 움직였다. 오후가 되도록 아직 오지 않았다. 기다린다는 건 힘든 거라는 걸 오전 내내 절실하게 느꼈다. 문득 사람이 온다는 건 실로 어마어마한 일이라던 정현종 시인의 시가 떠올랐다. 사람 하나 기다리는 것도 큰일이었구나.

좋은 글쓰기 연습 중 하나는 오늘 하루를 쓰는 겁니다. 일상에도 특별함이 있습니다. 별거 아닌 일상에서 건져 올린 깨달음이야말로 평범한 우리에겐 진짜 특별한 것 아닐까요?

첫 번째 예문에서 살펴봐야 할 것은 일기처럼 지루하지 않게 시인의 말을 빌려서 나의 마음을 직접적이 아니라 돌려서 말했다는 점이죠.

사실 잘 쓴 글은 치밀하게 계산된 겁니다. 말하듯이 쓴다고 하더라도 말은 속도가 있기 때문에 뇌에서 받아들이고 처리하는 과정이 짧아서 거르는 게 적죠. 하지만 글은 뇌에서 처리하는 과정이 느리기 때문에 말하는 것처럼 느낄 뿐이지 진짜 말하는 것은 아니죠. 그러니 그냥 막 쓰려고 하지 마세요. 고민하는 만큼 좋은 글이 나옵니다.

주어진 예문은 일상에서 얼마든지 떠오를 수 있는 그저 그런 생각을 솔직하게 풀어냈습니다. 만약 두 번째 예문이 긴 글의 일부라면 결국 여행을 가서 무엇을 얻어서 왔는지가 들어가야 되겠죠.

일상에서 흘러가는 작은 이야기라도 일기처럼 쓰기 시작하세요. 그렇게 시작하는 겁니다. 단, 절대 일상을 나열하지 말고 생각을 만들어내야 합니다. 글쓰기는 생각 쓰기니까요. 오늘은 평범한 일상에서 무엇을 느끼셨나요?

일상의 번잡함에서 벗어나고 싶은 건 오래되었다. 그런데도 떠날 수가 없는 건 용기가 없어서였다. 여행을 하려면 놓아야 할 것들이 많다. 게다가 가정을 이루고 살고 있다면 말해 무엇할까? 그럼에도 나는 여행을 꿈꾼다. 꿈은 언젠가는 이루어질 것이란 희망은 오늘을 견디게 하는 활력소이다. 아쉬운 대로 가까운 곳이라도 가 보기로 했다. 제일 먼저 떠오른 건 경주였다. 경주는 내가 살고 있는 곳에서 가까울 뿐 아니라 볼거리가 많은 유적의 도시니까. 경주라도 천천히 살펴보기로 했다.

✱ 이번 내 문장 쓰기는 첫 번째 예문을 다시 쓰는 겁니다. 첫 번째 예문은 설명이 부족합니다. 글이 완성될 수 있도록 누구를 기다렸던 것인지, 언제 왔는지 등등을 고려해서 글을 써 보세요. 아예 다른 글을 써도 상관없습니다.

06
주변 사람에 대한 관심

✱ 주어진 예문과 같은 상황이 흔하게 있지는 않을 겁니다. 글쓰기
는 내가 살고 있는 세상에 대한 관심이자 애정입니다.

아이는 늘 멍이 들어 있었다. 눈가와 어깨에 심하지 않은 작은 멍들
이 가실 날이 없었다. 아이 엄마는 순한 인상에 인사를 먼저 건네는
예의 바른 사람이었다. 아이가 맞는다고 생각하기엔 아이를 바라보
는 엄마의 눈길이 너무 부드러웠다. 섣불리 판단하기 어려웠지만 모
른 척 넘어가기엔 아이의 잔뜩 주눅 든 눈빛이 마음에 걸렸다.

글쓰기는 자기가 살고 있는 곳으로부터 시작됩니다. 아예 모르는 전혀 다른 세계를 말하지는 않죠. 그러니 주변에 관심을 두어야 합니다. 그러다보면 글 쓸거리가 생기거든요. 글을 쓰려면 글 쓸거리를 찾는 게 사실 가장 어렵습니다. '무엇을 쓸 것인가'는 늘 고민거리죠. 중요한 점은 너무 어렵게 접근한다는 겁니다. 그러다보면 글쓰기는 점점 멀어지죠.

가까운 주변을 잘 살펴보세요. 모든 이야기는 자신에게서 확장됩니다. 처음엔 자기 이야기를 쓰다가 주위로 확장되어 갑니다. 그렇게 시작하면 글쓰기가 덜 어렵게 느껴져서 글이 나오기 시작하거든요. 내 이웃이나 놀러 가서 만난 사람들을 잘 살펴보면 글 쓸거리가 생깁니다. 생각할 거리도 나오고요. 그럼 된 거죠. 이제 키보드 앞에 앉아서 쓰시면 됩니다.

첫 번째 예문의 아이 엄마는 어쩌면 나의 이웃일지도 모릅니다. 우리가 주변에 관심을 두어야 하는 이유는 글감이라서가 아니어도 충분합니다. 두 번째 예문에는 이웃 아저씨에 대한 반전이 나오네요. 반복해서 강조하지만 내 문장 쓰기에서 글을 쓰실 때 이전 수업의 내용을 계속 반영하셔야 글이 늡니다.

✽ 예문을 만들면서 영화배우 마동석씨가 떠올랐는데요. 여러분 생각은 어떠세요?

어제도 옆집 아저씨는 밤늦도록 피아노를 쳤다. 처음엔 시끄럽다고 생각했지만 워낙 피아노 연주 실력이 좋아서인지 감미로운 선율에 항의할 생각은 곧 사라졌다. 언젠가 집 앞에서 우연히 만난 아저씨의 인상도 한몫했다. 좋게 말하면 피아노 소리와 안 어울리는 외모였고 정직하게는 험악한 인상이었다. 피아노를 치고 있을 우람한 팔뚝을 보니 웃음이 절로 나왔다. 피아노 보다는 장작이 더 어울리는 팔뚝이었다.

✽ 내 문장 쓰기입니다. 이번엔 이웃집이나 지인을 떠올려서 글을 만들어 보세요. 누군가에게 그 사람을 소개한다고 생각해도 좋겠네요.

07
철학자처럼 질문하세요

❋ 주어진 예문을 따라 쓰세요. 이런 질문에 대한 글을 써 본 적이 없을 겁니다. 쓰면서 여러분이라면 어떤 글을 쓸지 생각해 보세요.

우리는 왜 사는가?

-〉 누군가에게 왜 사느냐는 질문을 받으면 참 난감하다. 어느 시인은 왜 사냐고 묻거든 웃는다 했다. 나도 무념하게 웃을 수 있을까? '왜'라는 물음에서 느껴지는 허무함은 어찌해야 하나. 어쩐지 시인이 어째서 그냥 웃어 버렸는지 조금은 알 것도 같다. 삶의 의미를 찾으려면 알 수 없다던 까뮈처럼 말이다.

박경리 선생은 문학은 '왜'라는 질문에서 출발한다고 하셨습니다. 글을 쓰는 사람이 철학자는 아니지만 철학자처럼 고민하고 질문해야 합니다. 그래야 글 쓸거리가 생기고 내용에 깊이가 생기니까요.

아마 글을 쓰고 싶은 분들이라면 철학적 고민들을 한 번쯤 해 보셨을 겁니다. 사실 많은 이들이 세상에 대한 근원적이고 모순투성이인 질문들을 품고 살죠. 이런 의문들을 밖으로 끄집어내는 사람들이 바로 글을 쓰는 사람들 아닐까요? 이런 의문들이 멋진 글이 되고 문학이 되니까요.

예문을 드린 이유는 글보다 이런 질문에 대해 글로 만드는 과정을 보여 드리려고 했습니다. 글의 깊이는 이런 근원적인 질문에 대해 고민해야 생깁니다. 늘 진지할 필요는 없지만 그렇다고 늘 진지하지 않을 이유도 없지 않나요?

내 문장 쓰기에서는 여러분들의 글로 만들어 보면 됩니다. 물론 다른 질문으로 글을 써도 됩니다. 중요한 점은 살아가면서 물음표를 던져봐야 한다는 거겠죠. 질문을 가진다는 게 중요한 거니까요. 내 문장 쓰기 예제는 두 번째 예문에서 다루었던 내용입니다. 21세기에 던져야 하는 질문이죠. 좋은 글 만들어 보기 바랍니다.

죽지 않는 삶은 행복할까?

-〉 행복이란 내가 살고 있는 현재의 상황이 좋을 때 느끼는 안도의 감정이다. 우리가 이제껏 살아 온 인생도 생각해보면 좋은 시간만 있지는 않았다. 만약 영원의 삶이라면 긴 시간 동안 쌓인 기억들 중에 행복한 순간이 더 많을까? 그렇지 않은 기억들이 더 많을까? 기억의 총합으로 따진다면 죽지 않는 삶이 행복하다고 말하기는 어렵다. 그런데도 인간은 죽음을 두려워한다. 그건 아마도 행복한 기억을 잃는 게 더 두려워서가 아닐까?

✽ 이번 내 문장 쓰기는 두 번째 예제를 그대로 드렸어요. 21세기를 맞이한 인류가 고민하는 철학 논제이죠.

죽지 않는 삶은 행복할까?

08
여행은 생각의 창고

✱ 요즘 여행 관련 글 많이 쓰시죠? 예문을 따라 쓰면서 어떤 여행이 야기를 만들지 생각해 보세요.

중국 시안의 농촌 길은 허허로웠다. 동네 이름이 적힌 커다란 문이 마을 입구에 세워져 있었다. 한자라 이름은 잘 모르지만 붉은 글씨로 쓰인 게 인상적이다. 역사를 공부하는 친구 덕에 오게 된 특별한 순례길이었다. 절은 농로를 따라 한참을 들어가니 있었다. 마당에 붉은 매듭이 잔뜩 달려있는 나무가 먼저 눈에 들어왔다.

여행 좋아하시나요? 다양한 글을 쓰려면 낯선 것과 만나야 합니다. 거기서 얻은 생각이나 느낌들을 보여줘야 합니다. 우리는 모두 무언 가를 찾아 나선 여행객들이니까요.

게다가 글 쓸거리에 여행만 한 게 없습니다. 새로운 생각을 만들어 내기에 정말 최고죠. 많은 사람들이 여행을 합니다. 그런데요. 눈으로 경치만 즐기면 글 쓸 게 없습니다. 길가에 작은 돌도 그냥 스쳐가지 말고 의미를 부여해 보세요. 그러면서 이런저런 생각을 만들어 내는 겁니다.

우연히 다가오는 강렬한 느낌을 기다린다면 글이 나오기는 힘들 겁 니다. 어쩌면 글도 내가 찾아 나서야 하는 또 하나의 여행인지도 모르 겠네요.

첫 번째 예문은 중국 서안의 농촌에 가게 된 이야기입니다. 이왕이 면 많이 알려진 관광지보다 사람들이 잘 모르는 곳을 가 보는 것도 좋 을 겁니다. 낯선 것들과 많이 만날 수 있을 테니까요. 두 번째 예문처 럼 가벼운 주말 나들이에서도 얻는 게 있습니다.

여러분에게도 좋은 여행담이 많을 겁니다. 무엇을 보고 무엇을 느끼 셨나요? 여러분만의 특별한 여행을 내 문장 쓰기에서 풀어내 보세요.

서해를 끼고 있는 지역이라 뻘 냄새가 물씬 났다. 시골 장이지만 사람들이 꽤 많았다. 여기저기서 시끄러운 음악소리가 많이 들려왔다. 한 쪽에 사람들이 모여 있는 게 보였다. 가까이 다가가니 시절 지난 각설이 공연이 한창이었다. 여장을 한 늙은 남자의 노래와 장단이 신나게 흘러 나왔지만, 정작 그의 몸짓은 슬퍼보였다. 이 또한 그의 삶인데 그를 바라보는 내 시선이 어리석은 편견이기를 바랬다. 삶은 어느 곳에서나 제 역할을 다하고 있을 뿐이다. 누구의 삶도 평가 받을 이유가 없음을 잠시 잊었나 보다.

✱ 여행은 일상에서 얻지 못한 배움을 얻기에 좋은 환경이죠. 내 문장 쓰기에 여러분이 경험한 여행을 써 보세요. 어떤 경험을 하고 어떤 생각을 했나요?

블로그를 하다보면
첫 댓글이라며 기뻐하는
답글을 꽤 받는다.

누군가 내 글을 읽어준다는 게
이토록 뿌듯하고 의미 있는 일임을

그러니
글을 쓸 시간이 있다는 것만으로도
충분히 감사한 일이다.

photo @pic_hyeon._.sol

글쓰기 이야기

글쓰기를 하려면 글감이 아주 중요하죠. 어떻게 글감을 얻어야 할지 고민이 많게 됩니다. 제 경험으로 글감은 그냥 얻어지는 건 아니에요. 먼저 카메라가 중요해요. 요즘은 스마트폰 하나면 되니 무겁지도 않습니다. 제가 하는 방법은 눈에 띄는 것은 모두 찍어 둡니다. 이미지를 보면서 글을 쓰면 더 쉬워요. 왜냐하면 생각이 잘 떠오르거든요.

그리고 항상 메모를 하려고 노력합니다. 생각나는 아이디어를 무조건 적어만 놓아도 아이디어 뱅크가 되거든요. 글을 쓰고 싶으면 그와 관련된 행동을 많이 해야 해요. 가수가 되고 싶다면 노래를 부르거나 들어야 하는 것처럼 말이에요. 글을 쓰고 싶으면 그와 관련된 일들을 찾아 다녀야 합니다.

그래서 글쓰기를 좋아하는 사람들과 함께 해야 합니다. 저 역시 다른 사람들과 함께 하면서 실력이 더 늘었습니다. 내 글에 대한 이런저런 평가를 두려워하시는 분들이 의외로 많아요. 저도 그런 적이 있었습니다. 중요한 건 다른 사람에게 글을 공개해야지 내 글에 객관적인 시각도 생기고 내 글쓰기 수준이 어느 정도인지도 알게 됩니다. 내가 쓴 글을 제대로 판단하기는 정말 어려워요. 그래서 다른 의견을 듣는 건 아주 중요합니다. 그러니 용기를 내서 세상에 글을 내보세요. 글은 혼자 쓰는 거지만 함께 나누어야 좋아집니다.

5장

다양한 긴 글쓰기로

한 걸음 더

매력적인 에세이 쓰기

주어진 단어로 글 한편 쓰기

동물 시점으로 이야기 쓰기

여운을 남기는 좋은 서평

갈등을 만드는 소설

감성 넘치는 시 쓰기

보고 싶게 만드는 영화 리뷰 쓰기

01
매력적인 에세이 쓰기

5장에서는 긴 글쓰기를 하도록 하겠습니다. 이제까지 짧은 문장이나 단락을 훈련하였다면 지금부터는 긴 호흡의 글쓰기인데요. 앞 장에서 다루었던 문장이나 짧은 단락 훈련도 글쓰기 기본을 다지는 데 아주 중요합니다.

하지만 실제 우리가 쓰고 싶거나 써야 하는 글은 대부분 긴 글이죠. 적어도 한 페이지 이상을 할애해야 하는 글입니다. 여기서 한 페이지는 A4기준입니다.

제가 이번 장에서 드리는 예문은 A4 한 페이지 보다는 짧아요. 그러니까 주어진 예문을 다 쓰고 나면 이어서 쓰거나 아니면 다른 글이라도 A4 한 장 이상 분량으로 꼭 쓰셔야 합니다. 말하자면 제가 앞 부분을 잡아 드리는 겁니다. 그렇게 한 장을 채우거나 넘기면 분명히 긴 글의 호흡에 대한 감각이 생길 겁니다.

대신 주의하셔야 할 점은 너무 가볍게 따라 쓰지 말고 천천히 꼼꼼

하게 따라 쓰셔야 합니다. 마치 발바닥의 감각을 느끼면서 걷는 것처럼 말이에요. 내딛는 걸음을 의식하면서 걷는 거와 습관대로 걷는 건 분명 차이가 있으니까요. 천천히 따라 쓰면 분명 남는 게 있을 겁니다.

이번엔 에세이 쓰기입니다. 에세이는 가장 많이 쓰는 글 형식이죠. 누구나 쓸 수 있고 쓰기 쉽다는 게 에세인데요. 과연 그럴까요? 에세이는 주변의 일들을 글감으로 얻어서 쓰기 때문에 부담스럽지 않아서 좋죠. 반대로 너무 흔하고 일상적일 수 있어서 매력적이기 어렵다는 걸 생각하셔야 합니다.

글은 읽는 사람을 끌어 당겨야 좋은 글입니다. 그럼 어떤 에세이가 사람을 끌어당길까요? 바로 공감이 가는 글입니다. 에세이는 일상을 다루기에 나와 같은 상황이라고 생각하면 쉽게 공감하게 됩니다.

그러니 솔직담백하게 쓰셔야 합니다. 마치 편한 지인과의 대화처럼 말이에요. '너도 그렇구나. 나도 그래' 라고 맞장구를 칠 수 있는 공감이 살아가는 힘을 주기도 하니까요. 너무 많은 이야기나 생각을 쏟아내려 하지 말고 한 가지 이야기를 이어나가세요. 이제 함께 살아가는 우리들의 이야기를 담아 보세요.

며칠 전 밤에 들리는 풀벌레 소리에 저는 또 매미소리인가 했습니다. 하지만 뭔가 다르더라고요. 가만히 귀를 기울이니 귀뚜라미 소리였습니다. 가을이 오고 있었습니다. 엊그제는 버스에서 내려 공원 옆길을 걷는데 나뭇잎 중간 중간 누가 어느새 물감을 콕콕 찍었네요. 붉고 노란 물감으로 말입니다. 가을인가 봅니다.

어제는 하늘이 찢어질 정도로 팽팽하니 맑고 높았습니다. 어쩌다 비행기라도 지나가면 어김없이 구름이 따라가 하얀 줄을 선명하게 그었더라고요. 가을이 어쩌나, 벌써 제 안에 퍼질러 앉았네요. 그런데 오늘은 눈을 뜨기 힘든 열기가 땅에서 끓어올랐습니다. 결국 아이스크림을 두 개나 먹었네요.

이런, 가을이 머뭇거리고 있나 봅니다. 저도 더위 아래서 머뭇거리고 있었습니다. 심드렁한 마음은 날씨만큼이나 저를 가두었습니다. 문득 나도 가을처럼 머뭇거려도 좋겠다는 생각이 들었습니다.

쉽사리 꺼내지 못하고 머뭇거리는 고백은 답답하지만 진심이 묻어납니다. 쉽게 즉각적으로 반응하는 요즘 세상에 머뭇거리며 자리를 맴도는 걸음을 걸어 봐도 좋겠다는 생각을 했습니다. 잠시 머뭇거려도 가을은 기어이 올 테니까요.

✽ 주어진 옆 예문을 천천히 따라 쓰면서 감각을 익혀보세요.

02
주어진 단어로 글 한편 쓰기

　이번엔 제가 현장에서 글쓰기 지도를 할 때 쓰는 방법입니다. 어울리지 않은 단어를 무작위로 선택해서 그 단어를 넣어서 이야기를 써 보는 겁니다. 조금 더 재미있게 하려면 제비뽑기를 하셔도 됩니다. 6가지 정도 단어를 작은 종이에 써서 안 보이게 접은 후 무작위로 3개만 골라보세요. 고르는 재미와 함께 글쓰기가 더 즐거운 놀이로 변합니다.

　이 훈련이 도움이 되는 이유는 무작위로 선택된 어울리지 않는 단어로 이야기를 만들어야 하니 고민이 되겠죠? 바로 이 고민이 글쓰기 훈련입니다. 글쓰기는 생각쓰기입니다. 고민하는 만큼 글이 나오죠. 생각하기가 귀찮으면 좋은 글쓰기는 어려워요. 이 훈련은 아이들에게 적용해도 좋습니다. 아이들은 이런 시도를 더 즐거워하며 하더라고요.

　기억해야 할 점은 이번 글은 소설처럼 써야 한다는 겁니다. 앞장에

서 말했듯이 에세이는 논픽션입니다. 사실이 아닌 것을 만들어 내면 곤란하죠. 이런 논픽션은 경험을 토대로 써야 하기 때문에 무작위로 주어진 단어를 넣기에 너무 어렵습니다. 자칫하면 아주 작위적이고 진솔하지 않은 글이 될 테니까요. 그러니 이번 글쓰기는 픽션을 만드셔야 합니다. 그러려면 상상력이 필요하겠죠?

제가 드린 예문에는 세 가지 키워드가 나옵니다.

'햄버거, 장화, 종이'인데요. 이렇게 세 가지 단어가 주어졌다면 어떻게 글을 만들어야 할까요? 모든 이야기에는 이야기를 이끌어가는 화자가 있어야 합니다. 먼저 이야기의 화자를 나로 할 건지 다른 인물로 할 건지를 결정하세요. 그런 후에 이 세 가지 단어로 만들 만한 이야기를 구성하세요. 결국 '누가', '무엇을', '어떻게', '했는가'가 들어가면 이야기는 만들어집니다. 그 이야기 속에서 주어진 단어를 넣을 부분을 쓰면서 생각하시면 됩니다. 단어는 추상적인 단어에서부터 사물에 이르기까지 다양하게 정하시면 됩니다. 어울리지 않은 단어들이 만날수록 고민은 커지니 글쓰기 훈련으로는 안성맞춤입니다.

주어진 예문을 따라 쓰고 나면 꼭 단어를 골라 글 한편을 완성하셔야 해요. 분량은 A4 한 장 이상입니다.

　노란 쌍곡선이 그려진 커다란 간판이 올라가고 있었다. 작은 시골 마을에 어울리지 않은 햄버거 프랜차이즈가 들어온다는 소문은 진짜였다. 하교하던 아이들도 지나가던 어르신들도 가던 길을 멈추고 먹음직스런 햄버거가 그려진 간판이 올려지는 걸 구경하고 있었다.

　예진은 누군가 등을 툭치는 바람에 앞으로 고꾸라질뻔 하자 고개를 획 돌렸다. 예진의 뒤에는 흙이 잔뜩 묻은 장화를 신은 아버지가 뒷짐을 진 채로 서 있었다. 놀란 예진이 쳐다보자 아버지가 말했다.

　"여기서 뭐하는 겨? 그나저나 저 집 사장은 머리가 돈 거 아녀?"

　예진은 아버지의 말에 대답을 하려는데 옆에 있던 경선이 아버지가 먼저 대답을 했다.

　"그러게 말여. 하여간 소가 웃을 일여. 아니 콧구멍보다 작은 동네서 뭔 장사를 허겠다고 저런다?"

　경선 아버지가 실실 웃으며 말했다.

　"예진아? 니는 저 햄버건가 뭔가 먹어본 거?"

　예진은 아저씨의 물음에 대답 대신 종이 하나를 내밀었다. 종이에는 햄버거를 먹고 있는 경선이와 예진이의 사진이 크게 박혀 있었다. 둘이 동시에 예진이에게 고개를 돌렸지만 이미 자리를 뜨고 없었다.

✽ 주어진 옆 예문을 천천히 따라 쓰면서 감각을 익혀보세요.

03
동물 시점으로 이야기 쓰기

  고양이 좋아하시나요? 강아지는요?

가끔은 고양이의 맑고 오묘한 눈을 보고 있노라면 얘들은 무슨 생각을 하는지 정말 궁금해지곤 하는데요. 이번에는 동물이 되어 이야기를 쓰는 겁니다. 글쓰기는 있는 자리에서만 머무르면 다양한 글이 나올 수 없어요. 아주 다른 생각도 해야 합니다. 생각이 너무 멀리 가서 때론 불편하게 할 때도 있지요.

  그럼에도 그런 시각들 때문에 새롭고 다양한 진전이 있었던 건 부인할 수 없어요. 글을 쓰고 싶다면 다른 곳에도 서 있어야 합니다. 글은 인간의 것이죠. 그렇지만 이 세상엔 인간만 사는 건 아닙니다. 동물이 보는 세상도 한번 생각해보세요. 동물의 시선으로 보는 세상은 어떨까요? 저는 생각만 해도 흥미로운데요. 여러분은 어떠세요?

  주어진 예문은 고양이가 보는 세상입니다. 아무래도 반려견이나 반

려묘가 많으니 접근하기에 더 편하실 겁니다. 갑자기 구렁이나 표범처럼 잘 모르는 동물이 되는 건 어렵겠죠. 이런 글을 쓸 때는 쓰고자하는 동물의 특성을 알고 있어야 한다는 전제가 필요합니다. 아무리 사람처럼 의인화해서 쓴다고 해서 사람은 아니라는 걸 기억해야 합니다.

예를 들어, 고양이가 되어서 쓰고 있는데 '나는 손을 들어 사랑하는 아이를 쓰다듬었다.' 라고 한다면 너무 사람스러워서 이상하지 않나요? 이러면 리얼리티도 떨어지죠. 대신 '나는 앞발로 사랑하는 아이의 털을 문질렀다. 아이의 털은 마치 바람처럼 부드럽게 넘어갔다.' 라고 표현한다면 어떤가요? 정말 고양이처럼 느껴져서 몰입하게 됩니다.

이제 특성을 어느 정도 알고 있는 동물을 선택하는 게 왜 전제 조건인지 아시겠죠? 만약 동물을 싫어해서 관심이 없었다고 해도 걱정하지 마세요. 포털 사이트 들어가면 동물들에 대한 기본 정보는 많이 있으니까요. 쓰고자 하는 동물에 대해 전문적으로 알 필요는 없어요. 약간의 특성만으로도 리얼리티를 가져갈 수 있습니다.

이런 점들을 주의하면서 글을 써 보세요. 여러분은 어떤 동물을 선택하셨나요? 글을 쓰는 동안 즐거운 시간이 되리라 확신합니다.

어제부터 시작된 양순이의 미친 짓에 질려 버렸다. 도대체 무엇이 잘못된 걸까? 간만에 쥐를 사냥하면서 내 혈관 속에 넘쳐나던 아드레날린의 짜릿함을 양순이는 알기나 할까? 내가 무슨 대역죄를 지었다고 이런 신세가 되어야 하는 거냐고! 양순이는 오늘 낮에 마당을 지나던 통통한 쥐를 잡은 나를 가차 없이 패대기를 쳤다. 나의 등짝은 덕분에 용수철처럼 휘어졌다. 아무리 하늘이 내린 유연성이라고 해도 나도 이제 낼 모레면 열두 살이란 말이다. 이런 나를 이렇게 거칠게 다루다니!

예전 같으면 벌써 자유를 찾아 나섰을 거다. 세월이 야속할 뿐이다. 양순이가 준 달달한 사료에 적응해 버린 입맛과 잃어버린 야성을 탓해야지 어쩌겠나. 생각할수록 분하다. 잃어버린 야성이 간만에 꿈틀거린 날이었단 말이다. 그날 나는 살아있는 것 같았다. 그런데 지금은 하루 종일 양순이의 품속에 갇혀 꼼짝도 못하고 있다. 인간의 집착은 정말 무섭다. 어라? 가끔은 신이 있는 것 같다. 몇 주 동안이나 안 오던 양순이의 남친이 갑자기 왔다. 양순이 놀라서 팔에 힘을 풀고 일어섰다. 나는 베란다를 타고 넘어가 아파트 풀밭을 향해 달려 나갔다. 앞다리의 근육이 움직일 때마다 털끝이 바짝 섰다. 자유란 이런 거다.

✽ 주어진 옆 예문을 천천히 따라 쓰면서 감각을 익혀보세요.

04
여운을 남기는 좋은 서평

글쓰기와 책은 마치 사랑하는 연인 같습니다. 서로 영향을 주고 받죠. 책을 읽는 사람이 모두 글을 쓰는 건 아니지만 글을 쓰는 사람은 모두 책을 읽기를 즐깁니다. 책을 읽지 않고 글을 잘 쓴다는 건 그야말로 어불성설입니다.

모든 일이 그렇듯 질도 중요하지만 양도 중요한데요. 많이 읽은 분들이 글도 잘 씁니다. 왜냐고요? 글을 읽는 것만으로도 글의 기본 구조에 대한 이해가 생기거든요. 그러니 글을 잘 쓰고 싶다면 책도 많이 읽으셔야겠죠?

책을 읽고 나서 후기 소감을 쓰는 걸 서평이라고 합니다. 서평은 요즘 많이들 쓰셔서 부담스럽지는 않을 거예요. 서평쓰기에서 중요한 건 책에 대한 소개지만 더 중요한 건 책을 읽고 느낀 생각들입니다.

가끔은 폭넓은 지식을 담은 건 아니지만 여운을 남기는 서평이 있습

니다. 예를 들면 실패를 겪은 사람이 읽은 리처드 바크의 '갈매기의 꿈'을 읽고 느낀 절실한 이야기는 그대로 좋은 서평이 됩니다. 저의 경우는 야마오카 소하치의 '대망'이 인생의 큰 전환점이 된 책인데요. 그래서 긴 글 예문은 〈대망〉으로 정했습니다. 글 전문을 옮기지는 못했지만 그래도 느낌은 전달될 겁니다.

그런데 책을 읽을 때마다 늘 큰 감동을 느낄 수는 없어요. 게다가 자주 서평을 써야 한다면 어떻게 해야 할까요? 서평의 기본은 책에 대한 견해를 보여주는 겁니다. 이 책은 무엇이 좋은지 또는 무엇이 아쉬운지 말입니다.

책에 대한 기본적인 정보도 주어야 해요. 거기에 조금 더해 저자에 대한 소개나 책의 배경을 소개하는 것도 좋습니다. 만약 저자가 독일 사람이라면 어떤 시대를 겪었고, 책을 쓸 때 어떤 일이 있었는지 등등 말이에요.

책을 둘러싼 배경들을 살펴서 감상과 연결 지으면 더 좋은 서평이 될 겁니다. 그러려면 저자나 책에 대한 조사가 필요하겠죠. 이 또한 너무 부담 갖지 않으셔도 됩니다. 요즘은 찾고자 하면 화성에 무엇이 있는지도 알 수 있는 세상이니까요.

살다보면 우리는 누구나 한번쯤 어두운 터널을 만난다. 아무리 기다려도 터널의 끝이 보이지 않고, 터널이 끝나지 않을 거란 절망에 빠져 있던 그때 야마오카 소하치의 '대망'을 읽고 있었다. 그리고 대망의 마지막 장을 덮을 때쯤 나는 이미 터널 밖에 있었다. 길고 어두운 터널에 오래 갇혀 본 사람은 알고 있다. 터널을 뚫고 나왔을 때 처음 만나는 햇살의 강한 눈부심이 얼마나 감사한지를 말이다.

대망은 도쿠가와 이에야스의 일생을 다룬 소설이다. 이에야스의 삶을 바라보는 관조적인 철학이 나를 한 단계 뛰어넘을 수 있게 해 주었다. 철학이 담긴 사람으로 살아가는 것에 대한 확신이 생겼다. 누군가 산 위로 올려놓고 산 아래를 보여주는 것처럼 살면서 겪는 일들을 단편적인 사건의 연결이 아닌 인생이라는 거대한 구조를 놓고 보게 되었다. 그건 완전히 다른 차원이었다.

산 아래에서 보는 세상과 정상에서 보는 세상은 전혀 다른 모습인 것처럼 말이다. 나를 돌아보게 되었고, 객관적으로 보게 되었고, 무엇보다 나를 용서하게 되었다. 스스로 위로 할 줄 알게 되었다. 이제 그 누구에게도 의지 하지 않아도 스스로 할 수 있다는 것을 알게 되었다. 책 안에 내가 들어 있었다.

✱ 이번엔 예문을 따라 쓰지 말고 쓰고 싶은 책 서평을 직접 쓰세요.

05
갈등을 만드는 소설

　제가 만나본 글쓰기에 관심 있는 분들 중에는 소설을 쓰고 싶어 하는 분들이 꽤 있습니다. 소설은 그만큼 글쓰기의 정점이기도 하죠. 경험을 쓰는 에세이와는 다른 매력이 있는 글쓰기가 소설인데요.

　그런데 소설이 생각보다 쉽지가 않아요. 소설에는 드라마틱한 구조가 필요하기 때문입니다. 소설 구조를 간단히 말하기는 어려운데요. 굳이 하나만 들자면 소설의 핵심은 갈등입니다. 내면의 갈등이든 외부적 요인과의 갈등이든 간에요. 그래서 사건이 필요합니다.

　사건이 생겨야 문제가 발생하고 갈등이 일어나죠. 갈등을 어떻게 풀어 나가는가에 따라 재미있는 소설이 되는가 아닌가 결정됩니다. 갈등의 해결은 모범적일 필요는 없습니다. 오히려 대중들이 생각하지 못한 방향이나 방법이 나올 때 독자들은 침을 꼴깍 삼키면서 몰입을 하게 되니까요. 그것이 곧 창의성이죠. 그렇다고 너무 어렵게만 생각

하면 아마 한 줄도 못 쓸 거예요. 그러니 일단은 그냥 편하게 써 보는 겁니다. 먼저 등장인물과 사건을 선택해야 합니다. 그리고 나서 어떤 갈등이 생기는지를 말해야겠죠. 마지막으로 갈등을 해결하는 길을 준비하면 되는데요. 이게 굵직한 스토리 라인을 만드는 과정입니다.

디테일한 부분은 이야기를 만드는 중간 중간 다루어야 하는데요. 사실 디테일한 부분이 소설의 전부라고 봐야 합니다. 완벽한 소설은 디테일에서 나오거든요.

예를 들어 볼까요? 여기 한 여자가 있습니다. 이십대의 평범한 주인공 여자는 길을 가다가 우연히 사건 현장을 만나게 됩니다. 한 남자가 어린아이를 살해하는 장면을 보게 되거든요.

여자는 어떻게 해야 할까요? 여자의 고민이 시작되겠죠. 이제 범인과의 갈등이 시작됩니다. 여자는 신고를 해야 할까요? 아니면 이미 신고를 하고 범인에게 쫓기고 있을까요?

이렇게 생각이 이어나간다면 소설 하나는 나왔다고 봐도 되겠네요. 주어진 예문이 바로 이 이야기로 시작합니다. 사건을 시작했으니 이어서 쓸 만할 겁니다. 꼭 한 장 이상의 긴 분량을 만들어서 이야기 마무리까지 완성해 보세요.

은영은 구두 축을 땅에 부딪치면서 골목으로 접어들었다. 과장이 시킨 마지막 현장 업무였다. 이 일만 마치면 회사는 문을 닫는다. 은영은 골목 초입에서 발을 멈추고 벽에 등을 기댔다. 이미 퇴거가 시작된 마을은 스산한 기운이 여기저기 붙어있었지만 은영은 실직 후 다가올 대출이자 걱정에 아무것도 눈에 들어오지 않았다. 은영은 벽에 기댄 채 서류를 꺼내 들었다.

　그때였다. 맞은 편 작은 골목에서 끔찍한 비명소리가 들렸다. 은영의 눈이 한 곳에서 멈췄다. 맞은 편 좁고 어두운 골목에서 한 남자가 누군가에게 무언가를 덮어씌우고 있었다. 은영은 본능적으로 몸을 벽에 붙였다. 다행히 차양이 쳐진 오래된 지붕은 밖으로 내려앉으며 밀려나와 어두운 그늘을 만들어 놓고 있었다. 다행이라고 생각한 순간 남자의 얼굴이 은영이 있는 쪽을 향해 돌렸다. 숨이 턱 목을 치고 올라왔다.

　잠시 주춤하던 남자의 몸이 움직여 골목 밖으로 나왔다. 은영이 벽에 붙어 옆으로 발을 움직이자 남자는 몸을 틀어 은영이 있는 방향으로 걷기 시작했다. 그제야 은영은 이 동네가 이상하게 조용하고 인기척조차 없다는 것을 깨달았다. 그때, 누군가 고함을 질렀다.

✽ 주어진 옆 예문을 천천히 따라 쓰면서 감각을 익혀보세요.

06
감성 넘치는 시 쓰기

　이번엔 긴 글은 아니지만 시인이 되어 보도록 할게요. 글쓰기 훈련을 하면서 시를 한 번도 안 써본다는 건 마치 경주에 놀러와서 첨성대나 불국사를 지나치는 것과 같다고 생각해요. 그만큼 글쓰기에서 시란 어머니와 같은 것이라고 보면 됩니다. 인류의 가장 오래된 문학은 모두 시로 이루어져 있다는 것만 봐도 알 수 있죠. 시를 읽는 것과 써보는 것은 차이가 있어요.

　시는 가장 함축적이고 내포적인 글쓰기입니다. 단어 하나에 여러 의미를 담거나 다른 무언가를 에둘러 표현하기도 하죠. 예를 들어, 정호승 시인의 '수선화에게'를 보면 시 안에 수선화를 연상시킬 만한 건 하나도 없어요. 그런데 시작은 '울지 마라. 외로우니까 사람이다.' 이죠.

　이렇게 시는 다 말하지 않는 게 핵심입니다. 성질이 완전 다른 사물끼리 맺어도 말이 되는 게 시니까요. 시는 관대합니다. 세상 무엇도 품

거든요. 정호승 시인은 아마도 수선화가 외로워보였는지도 모르죠. 그런데 외로운 수선화가 실은 자기이고 타인이고 인류였던 거겠죠.

글을 잘 쓰고 싶으시다면 시를 꼭 한번이라도 써 보세요. 장담하건 대 시 쓰는 감각이 있다면 글쓰기는 더 쉬워질 겁니다. 조금 더 말씀 드리면 시를 쓰려면 생략을 해야 해요. 하고 싶은 말을 다하지 말고 가장 적은 단어로만 하고 싶은 말을 한다고 생각하고 쓰면 더 시다울 겁니다. 예를 들어, '오늘은 해가 구름에 가려서 하늘이 어두운 것이 영 기분이 우울하다.'

이걸 시처럼 줄이면 어떻게 될까요?

'하늘이 낮다. 또는 내 얼굴에 구름이 내려앉았다.'

뭐 이렇게 말이에요. '기분이 우울하다'를 얼굴에 구름이 내려앉은 걸로 대신한 거죠. 시는 짧은 문장으로 쓰는 게 좋아요. 특히 처음 시 를 쓰는 거라면 더욱 그렇겠죠. 길게 쓰다보면 어느새 산문이 되어 버 리거든요. 물론 산문시도 있지만 본래 시는 운율을 넣은 운문입니다.

시는 말하자면 사랑한다는 말 대신 초콜릿을 주는 것과 비슷해요. 시가 느껴지시나요?

거울

거울 속의 나는 눈이 하나 없습니다.
거울 속의 나는 귀가 하나 없습니다.

나는 이제 거울을 보지 않습니다.
거울 대신 물 위에 비친 나를 봅니다.
흘러가는 물은 언제나 나를 제대로 보여주지 않습니다.
어느 날은 눈이 일렁이고 어느 날은 코가 일렁입니다.

나는 이제 물에 나를 비추어 보지 않습니다.
물 대신 그대 눈에 나를 비추어 봅니다.
그대가 웃으면 나도 그대 눈에서 웃고,
그대가 울면 나도 그대 눈에서 웁니다.

그대가 내게로 온 그날부터
나는 거울이 되었습니다.

✽ 이번엔 좋아하는 시를 골라 따라 쓰셔도 됩니다.

07
보고 싶게 만드는 영화 리뷰 쓰기

어떤 영화 좋아하세요? 할리우드 유명 배우들이 홍보를 올 정도로 우리나라 영화 산업은 성황 중이죠. 그만큼 요즘 영화 소개하는 방송도 많아지고 영화 리뷰도 많이 씁니다. 영화는 삶을 투영합니다. 그래서 글쓰기 훈련으로 영화 리뷰는 좋은 소재이죠. 글감과 주제를 연결하기 딱 좋거든요.

영화 리뷰는 시나리오 작가보다는 감독이 주목을 받는 분야입니다. 실제로 감독이 각본을 쓰는 경우도 많고요. 때문에 감독에 대한 정보를 함께 쓰는 게 좋습니다.

그리고 영화 리뷰는 줄거리 소개를 많이 하지 않아야 합니다. 너무 많은 이야기를 다하는 걸 영화 관계자들은 좋아하지 않아요. 그러니 스포일러가 되면 안 되겠죠.

또, 등장인물에 대한 분석이나 캐스팅 비화 등등 관련 정보를 쓰면

좋습니다. 영화는 쓸 거리가 많은 분야입니다. 영상미에서부터 서스펜스까지 해야 할 이야기는 무궁무진합니다.

다만 영화는 다른 분야와는 다르게 시기가 있습니다. 특히 블로그에 올리려면 영화가 개봉한 시점을 기준으로 쓰는 게 좋겠죠. 영화 평론을 쓴다면 모르지만요. 영화 평론은 전문적인 영화지식이 있어야 가능합니다.

영화를 보고 난 후의 느낌이나 생각이 들어가야 합니다. 마치 영화소개 기사처럼 쓰면 리뷰가 아니겠죠. 리뷰에는 나의 생각과 느낌을 적어야 해요. 영화를 볼 때 나의 생활에는 어떤 일이 있었는지 그래서 영화를 보고 나니 어떤 느낌과 생각을 가지게 되었는지를 풀어내면 됩니다.

주어진 예문은 고레에다 히로카즈의 감독의 〈태풍이 지나가고〉입니다. 제가 글을 쓰는 사람이라서인지 주인공이 작가이고 퍽 짠해 보여서 기억에 남았던 영화입니다. 제 예문은 편하게 읽고 여러분이 기억에 남거나 최근에 재미있게 본 영화가 있다면 리뷰를 한번 써 보세요. 다양한 이야기와 나의 일상이나 인생과 연결하면 좋은 글이 나올 거에요.

영화가 시작되고 제목을 처음 보여주는 방식부터 맘에 들었다. 서정적이면서도 일상적인 느낌이랄까? 고레에다 감독 특유의 다큐 감성이 돋보이는 영화다. 주인공 료타는 소설가이지만 알려지지 않아 생활이 어렵다. 소설가와는 어울리지 않는 탐정 일을 하며 돈을 벌지만 그마저도 삥땅을 치거나 경마로 번 돈을 날리기 일쑤다. 료타역의 아베 히로시는 껑충한 키가 더 안쓰러워 보여서 캐스팅이 탁월하다는 생각이 들었다. 특히, 키키 키린은 생활 연기의 달인이 아닐까 싶을 정도로 자연스러워서 인상적이었다.

가장 기억에 남았던 장면째은 엄마 요시코가 살아보니 인생은 단순하다는 말을 무심결에 하고는 '지금 엄청 멋진 말 했지?'라고 확인하는 표정에서 웃음이 터졌다. 웃음이 지나가자 평범한 우리 엄마의 모습이 스치며 코끝이 찡해졌다.

주인공 료타는 그래도 작가였다. 일상에서 만나는 사람들에게 들은 좋은 문장을 기록해두는 장면으로 그가 아직 소설가임을 잊지 않았음을 보여준다. 료타의 불성실함은 아내 쿄코와 이혼을 하게 만드는 결정적인 단점이지만, 그럼에도 미워할 수 없는 건 우리의 모습이 오버랩되기 때문이 아닐까 싶다.

✱ 주어진 예문보다는 최근에 본 영화나 가장 좋아하는 영화 중에서 하나를 골라 리뷰를 써 보세요.

책을 읽다가 멈춘 글
"진정으로 이해할 수 있었다."

이해한다는 건
진짜 어려운 일이라는 거

내가 경험해 보고서야 알 수 있었던 말
"이.해.하.다."

photo @pic_hyeon._.sol

글쓰기 이야기

도서관에서 강의를 하다 보면 숨은 고수들을 많이 만납니다. 그냥 평범한 주부이지만 사회를 보는 시각이나 표현에 깜짝 놀란 적도 많고요. 그런 분들을 보면서 생각하곤 했어요. 글은 경험이 중요한 게 아니라 경험을 통해 어떤 생각을 어떻게 품느냐가 중요하구나 하고요.

그런데 어떤 분들은 자꾸 누군가를 가르치려고 글을 쓰시더군요. 물론 누군가에게 좋은 말을 하고 싶어 하는 마음도 이해가 되고, 좋은 마음으로 그러시는 것도 아는데요. 잔소리와 가르침은 좀 다르잖아요. 그래서 어떻게 쓰느냐가 중요합니다.

누군가에게 있는 그대로 이렇게 하라고 말하면, 맞는 말인데도 듣기 싫잖아요. 그렇듯이 너무 직접적으로 말하지 않는 글이 더 좋게 느껴지고, 거부감 없이 누군가에게 스며들게 됩니다. 공감이나 감동은 그 지점에서 옵니다. 그래서 상황을 잘 펼치는 게 중요합니다. 핵심은 뒤로 두고요. 그런 글이 세련되고 편한 글입니다.

생각해 보면 좀 무서운 말인데 좋은 글을 쓰려면 먼저 좋은 사람이 되라는 말이 있습니다. 맞는 말이지만 그게 쉽지가 않죠. 이 말이 굴레처럼 느껴지기도 하지만 그래도 좋은 생각을 글로 표현하는 게 그나마도 안 하는 것보다는 낫지 않을까요? 좋은 생각을 자꾸 쓰다 보면 행동도 따라 이어질 테니까요.

부록

나의 글쓰기는 어디쯤 있을까

나의 글쓰기의 성향은 어떠한가?

나는 어떤 글을 잘 쓰는가?

나는 어떤 글을 좋아하는가?

나의 글쓰기 실력은 어느 정도일까?

소설을 써 본적이 있는가?

내 글을 다른 사람에게 보여준 적이 있나?

나의 글쓰기는 어디쯤 있을까

글은 나를 담아내는 그릇입니다. 글의 형식이나 문장력이 그릇이라면 안의 내용은 자기 자신입니다. 이 말은 결국 나의 생각이 그릇에 담기는 내용이란 거죠. 어떤 생각을 하고 어떤 책을 읽고 무엇을 보고 무엇을 느끼며 사는지가 바로 나입니다.

글이 세상 밖으로 향하더라도 모든 글은 자기 자신으로부터 시작됩니다. 글은 자기 내부로 먼저 들어갔다 나와야 세상 밖으로 나아갈 수 있다고 생각합니다. 자기를 들여다 본 적이 없는 글은 가식적으로 보이기도 하고 내용이 없는 빈껍데기 같기도 합니다.

글을 쓰고 싶으세요?

그럼 먼저 나를 들여다보세요.

그리고 거기서부터 출발하세요. 자신에게 솔직하지 못한 글은 그 누구의 마음에도 다가설 수 없습니다. 이런 글이 있습니다. 탁월한 문장도 번쩍이는 지성도 없는데 무언가 마음에 턱 와 닿는 글 말입니다.

　그런 글은 나를 들여다 본 적이 있는 글입니다. 그래서 다른 이의 마음에도 들어갈 힘이 담겨 있습니다. 그러니 글을 잘 쓰려면 나의 내부로 먼저 들어가야 합니다.

　지금부터 이어지는 시간들을 잘 활용해 보세요. 글쓰기에 대해 본질적인 질문에 답을 하다보면 나의 글쓰기 방향과 목적이 더 뚜렷해질 겁니다.

　글이란 제품 설명서가 아니어서 그냥 정보만 전해주는 걸로 끝나지 않습니다. 조금 거창하게 말해 글 안에 나만의 스토리가 깔려 있어야 해요. 그걸 개성이라고도 해도 좋고 성향이라고 해도 좋겠네요. 아무튼 나라는 사람이 담긴 글은 조금 다른 메시지를 던집니다. 방탄소년단의 이야기가 세계인을 움직이는 건 그들이 자신들을 너무 잘 알고 또 자기로부터 음악이 시작되기 때문입니다. 진정성이란 자기로부터 나오는 거니까요.

　다음 페이지에 주어진 22개의 질문들을 하나도 빠짐없이 답을 하도록 하세요. 질문에 답을 하기 전에 꼭 천천히 고민해 보기 바랍니다. 그 고민이 저의 의도이기도 하니까요.

그럼 여러분의 건필을 응원합니다.

나의 글쓰기 체크 리스트

✱ 주어진 질문에 답을 적으면서 지금 나의 글쓰기는 어느 정도인지 생각해 보세요. 그냥 아무 의미 없는 글쓰기를 하려는 분은 없습니다. 그렇다면 나의 글쓰기도 상황을 점검해야 길이 보입니다.

나의 글쓰기 실력은 솔직하게 어느 정도라고 생각하는가?

나는 어떤 글을 좋아하는가?

나는 어떤 글을 잘 쓰는가?

내가 글을 쓰는 목적은 무엇인가?

내 글을 다른 사람에게 보여준 적이 있는가?

내 글을 다른 사람에게 보여주는 게 망설여지는 이유는 무엇이라고
생각하나?

블로그를 운영하는가?

블로그에 올린 글을 본 이웃들의 반응은 어떤가?

소셜 네트워크 활동에 적극적인가?

나는 디지털 노마드를 꿈꾸는가?

시를 써 본 적이 있나?

소설을 써 본 적이 있는가?

하루 일기를 쓰고 있는가?

메모나 기록하는 습관을 가지고 있는가?

누군가에게 긴 편지를 쓴 적이 있는가?

좋아하거나 기억하고 있는 문장이 있는가?

가장 좋아하거나 감명 깊게 읽은 책이 있는가?

_____

내가 쓰고 싶은 책이 있다면 무엇인가?

_____

내 글에서 좋은 점은 무엇인가?

_____

내 글에서 무엇이 부족하다고 느끼는가?

_____

내 글에서 부족한 부분을 어떻게 하면 보완이 될까?

_____

나는 매일 글을 쓰고 있나?

_____